LA NOUVELLE ENCYCLOPÉDIE BÊTE ET MÉCHANTE

CAVANNA

LA NOUVELLE ENCYCLOPÉDIE BÊTE ET MÉCHANTE

LA GRANDE ENCYCLOPÉDIE
BÊTE ET MÉCHANTE

Tome 2

Albin Michel

Du même auteur

Aux éditions Pierre Belfond

Les Ritals
Les Russkoffs
Bête et méchant
Louise-la-Pétroleuse
Les Écritures

Aux éditions du Square

L'Aurore de l'Humanité :
I : Et le Singe devint Con
II : Le Con se surpasse
III : Où s'arrêtera-t-il ?
Les Aventures de Napoléon
Les Aventures de Dieu
Les Aventures du Petit-Jésus
Le Saviez-vous ?
Le Saviez-vous ? (2e fournée)

Aux éditions Hara-Kiri

4, rue Choron

Aux éditions Jean-Jacques Pauvert

Stop-Crève
Droite-Gauche, piège à cons

Aux éditions 10/18

Je l'ai pas lu, je l'ai pas vu, j'en ai entendu causer *(Chroniques 1969-1970)*

Aux éditions l'École des Loisirs

Adaptés en vers français par Cavanna :
Max et Moritz, de Wilhem Busch
Crasse-Tignasse (Der Struwwelpeter)

Aux éditions Julliard
Collection « Humour secret » :

Cavanna

Aux éditions Albin Michel

La Grande Encyclopédie bête et méchante, tome I

22, rue Huyghens, 75014 Paris
ISBN 2-226-01645-7

Sommaire

Introduction

Le nombre littéralement prodigieux d'enfants d'ouvriers agricoles qui m'ont écrit, à la suite de la publication du premier volume de *La Grande Encyclopédie Bête et Méchante,* pour me dire leur joie et leur fierté d'avoir, grâce à ce livre, magnifiquement réussi dans la vie et pour, sans changer de main, m'assurer de leur éternelle reconnaissance, m'a profondément ému et m'a donné la force, la foi et le courage nécessaires afin d'entreprendre la mise en chantier de ce deuxième volume, d'un niveau de difficulté nettement supérieur au précédent.

Le lecteur véritablement désireux de s'orner le dedans de la tête tout en dévorant quatre à quatre les barreaux glissants de l'échelle sociale trouvera dans *La Nouvelle Encyclopédie Bête et Méchante* d'infinis autant que nourrissants sujets de méditation. Guidé par la main, pas à pas comme un enfant studieux, dans le verdoyant parc où l'Univers donne ses leçons de choses, il verra devant ses yeux éblouis se déployer le grandiose spectacle de la Nature et des Méfaits de l'Alcoolisme, et un filet de bave légère pendra à ses lèvres qu'entr'ouvrira l'immense joie de comprendre.

Je peux bien vous l'avouer aujourd'hui : j'avais très peur. Mon assurance était habilement feinte, mes affirmations d'excellence n'étaient qu'arguments fallacieux et pièges éhontés procédant d'un propos servilement publicitaire, ma physionomie intelligente était le résultat d'une mimique contrôlée des muscles faciaux, d'ailleurs très fatigante...

Maintenant, ça va mieux. Je suis devenu naturellement cynique et arrogant. J'ai de l'argent à en crever : le vôtre. Mais je n'en ai jamais assez, vous savez ce que c'est. Je ne suis pas du tout resté simple et pas fier, ah, non, alors, ça me ferait bien mal ! J'ai fait poser partout des serrures perfectionnées, tu tournes la clef ça met en branle des flopées de barres de fer qui s'enfoncent en ricanant dans des tas de murs, et si un malandrin, dans un rayon de dix kilomètres, sent l'effleurer furtivement l'ombre du commencement d'une idée malhonnête, aussitôt quatre sirènes se mettent à hurler, un feu d'artifice embrase le ciel et dix tonnes de dynamite sautent dans la cave, vous voyez, je peux dormir tranquille. Toute la journée je fais tourner ma clef dans ma serrure, j'aime voir les machins s'enfoncer dans les trucs tous bien ensemble, et je fume des cigares, pas des tellement gros mais des Davidoff (voir ce mot), car le fric n'est rien sans la classe (voir ce mot).

Eh bien, voilà, vous avez des nouvelles de ma santé. Quand vous aurez lu tout ce qu'il y a dans ce livre vous serez presque aussi intelligent que moi, pas tout à fait autant quand même car je m'arrange pour conserver toujours une certaine avance, vous pensez bien.

Allons, travaillez, prenez de la peine, et donnons-nous rendez-vous au troisième volume si toutefois vous n'êtes pas crevés de celui-là. Vous êtes de bons petits.

Les textes, les dessins, montages et collages sont de moi*, les photos sont de Chenz, de Foulon, de Lajoux, ou bien trouvées dans une poubelle. Les articles ont paru dans le mensuel « Hara-Kiri » entre 1960 et 1975. J'adresse mes remerciements émus à tous les copains de « Hara-Kiri », sans qui « Hara-Kiri » n'aurait jamais existé, ni par conséquent la présente Encyclopédie.

* Sauf ceux des pages 48 et 102, qui sont de Fournier.

Supposons que tu t'appelles Yau de Poële...
INGRES
PINGEBAT
1808

LES
BELLES-LETTRES
ET LES ARTS
D'AGRÉMENT

Testez votre culture

Voici deux tests. Ils sont scientifiquement gradués. Répondez aux questions du test n° 1 avant d'entreprendre la lecture de la Grande Encyclopédie Bête et Méchante. Notez soigneusement le résultat obtenu. Quand vous aurez achevé la lecture de l'Encyclopédie, mais seulement alors, répondez aux questions du test n° 2. Comparez les deux résultats. C'est foudroyant, n'est-ce pas ? La lecture de la Grande Encyclopédie Bête et Méchante a fait faire un bond prodigieux à votre culture. Vous pouvez maintenant aller hardiment draguer au bal de l'Élysée. Vous n'aurez pas l'air d'un plouc. Qu'est-ce qu'on dit au Monsieur ?

TEST N°1

VRAI OU FAUX ?

Répondez par VRAI ou par FAUX aux questions suivantes. Vous avez trente secondes.

1 - Pasteur a introduit en France la culture de la pastèque.

2 - Les habitants de Pondichéry s'appellent les Chéripondeurs.

3 - Les enfants naturels n'ont pas de nombril.

4 - Le forceps est un muscle du bras.

5 - Tout citoyen français a le droit d'entrer à l'Élysée pour regarder le Président de la République manger la soupe.

6 - Par contrat, Sheila doit rester vierge jusqu'à l'âge de 85 ans.

7 - La salive guérit instantanément les brûlures de napalm.

8 - Une puce peut tirer deux mille fois son propre poids à condition de la châtrer avant.

9 - Le clitoris est un petit furoncle de la paupière.

10 - Quand on vient de tuer son père, on est un peu triste.

11 - Pour empêcher une femme d'avoir des enfants, il suffit de lui ligaturer les trompes d'Eustache.

12 - Napoléon a fait toute la retraite de Russie à saute-mouton pour se réchauffer.

13 - Quand on frappe sur la quatrième vertèbre lombaire, elle donne le la.

14 - Autrefois, on perçait les tympans des petites filles pour qu'elles puissent porter des boucles d'oreilles.

15 - Les femmes bêtes ont toujours les cuisses fraîches.

16 - Le trench-coït est un imperméable anglais qui rend malaisés les rapports sexuels.

17 - C'est Louison Bobet qui inventa de mettre une pédale aux poubelles.

18 - L'impuissance est causée dans 99 % des cas par une fermeture Eclair coincée.

19 - Pour passer les Alpes, Annibal entassa des éléphants les uns sur les autres jusqu'à la hauteur désirée.

20 - La fin du monde a eu lieu le 23 août 1982 et personne ne s'en est aperçu.

SOLUTION

Il fallait répondre vrai partout. Dans cette Encyclopédie, tout est vrai.

TEST N°2

VRAI OU FAUX ?

1. Un homme peut vivre sans manger pendant 6 mois, à condition qu'il n'arrête pas de travailler.
2. Quand on plonge des écrevisses vivantes dans l'eau bouillante, elles poussent un cri de joie.
3. Un homme qui meurt par noyade revit en un éclair toute sa vie passée, alors qu'il ferait mieux de nager.
4. La peau des lépreux a la saveur de la crème au chocolat.
5. Les nègres ont un larynx très fragile. C'est pourquoi ils meurent quand on les pend.
6. Après son élection, le nouveau Président de la République paie à boire à tous les électeurs.
7. Les petits Hindous se nourrissent d'écorces d'arbres parce qu'ils aiment mieux ça que le gigot d'agneau.
8. La fiente de chat est un excellent dentifrice.
9. Les habitantes du XIVe arrondissement de Paris ont les seins petits et durs.
10. Rockefeller, l'homme le plus riche du monde, ne pouvait absorber qu'un verre de lait par jour pour toute nourriture.
11. Les enfants bleus ont été conçus par des parents qui n'avaient pas fait leurs prières du soir.
12. Il est dangereux de se baigner moins de trois heures après avoir mangé des champignons vénéneux.
13. Il est excellent pour la vue de se rincer les yeux matin et soir à l'huile de vidange.
14. Dans l'Antiquité, les vainqueurs des Jeux Olympiques étaient couronnés de boudin.
15. Quand un homme bat sa vieille mère, c'est à lui que ça fait le plus mal.
16. Un aveugle court aussi vite qu'un sourd quand il sent l'odeur de la soupe.
17. Le pingouin commun ne joue au billard que dans des occasions tout à fait exceptionnelles.
18. Le général de Gaulle ne savait pas aller à bicyclette en lâchant les mains.

SOLUTION

Il fallait ricaner d'un air supérieur, répondre d'avance « Non » à tout et, surtout, ne pas lire les questions. Mais vous aviez compris !

Noir (roman)

La véritable littérature d'aujourd'hui, c'est le roman noir, en dépit des Goncourt qui affectent de l'ignorer. Un petit exemple valant mieux qu'un long discours, voici un roman noir qui, pour bref qu'il soit, n'en respecte pas moins scrupuleusement les règles du genre, règles aussi strictes que celles du théâtre classique.

UN GRAND ROMAN
POLICIER COMPLET

LES POURRIS PÈTENT DANS LA SOIE

Personnages

THÉOKRATÈS PAKÉDOS, dit THÉO LE GREC, macchabée.
ANGELO POLENTA, dit ANGELO FACE DE RENARD, gangster.
OTTO SCHMALZ, dit CHOUCROUTE, tueur à gages.
CAROLINE, femme dangereuse.
PATRICK O'CONNOR, flic au cœur pur.
SHERIFF, pourri.
CORONER, pourri.
DISTRICT ATTORNEY, pourri.
MAIRE, pourri.
SÉNATEUR, pourri.
BALAYEUR MUNICIPAL, pourri.
CABINE TÉLÉPHONIQUE PUBLIQUE, pourrie.
GANGSTERS, FLICS, STEAKS AUX OIGNONS, UPPERCUTS, BARMEN, CADILLACS, BOURBON, COUPS DE TALON DANS LES GENCIVES, LÜGER, FEMME DE MÉNAGE, FIGURANTS DIVERS, tous pourris.

Décor

MOHICAN-CITY, quelconque petite ville pourrie.

1 Ça va saigner.

Le Rital à gueule de renard hépatique poussa la porte battante du « Penguin Hotel ». Otto Schmalz, le Fritz à tout faire, entra sur ses talons.

Dans son cagibi qui sentait le rot aigre, le taulier, les deux pieds sur le bureau, s'empiffrait des poignées de cacahouettes. Ses pieds étaient nus et ils étaient sales. Cela le rendait triste : ses pieds étaient tout son horizon. Mais il ne savait pas voir clair dans son âme et il attribuait sa tristesse à la bière, qu'il digérait mal. Son crâne aurait été tout à fait chauve s'il n'y avait pas eu les chiures de mouches.

Angelo fit un petit salut comme ça en passant devant la porte vitrée. Otto Schmalz ne fit pas de salut. Otto Schmalz ne saluait jamais. Le taulier tendit la main vers le téléphone. Il se demanda s'il appellerait d'abord les pompes funèbres, qui lui faisaient dix pour cent, ou les flics, qui pouvaient se vexer et ne plus être aussi bons gars question registre des entrées. Dépassé par une décision aussi exténuante, il laissa retomber sa main, se tassa dans les joues une demi-livre de cacahouettes et dirigea vers le plafond son oreille droite en réglant son sonotone au maximum de puissance.

Trois coups discrets firent vibrer la porte. Trois coups espacés juste comme il fallait.
– Ouais, grogna le Grec, la bouche pleine.
Il pensa :
– Qu'est-ce qu'il fout, ce merdeux ? C'est pas l'heure.
La porte sursauta encore, sur le même rythme, avec, cette fois, une nuance impérative. C'était donc sérieux.
Le Grec saisit la rouquine par les oreilles. D'un seul coup, comme un sparadrap, il la décolla de ses lèvres. Cela fit « Slurp ! ». La bouche splendide, épanouie en suçoir circulaire, se referma lentement, telle une plante carnivore quand descend la nuit parfumée des tropiques. Le Grec arracha ses cent vingt-deux kilos de graisse clapotante du fauteuil qui les contenait à ras bord et les propulsa vers la porte. En chemin, il rencontra la rouquine. Jupe troussée, elle tirait ses bas sur des cuisses comme les cueilleurs de tomates de chez Libby's en ont peut-être vu quelquefois mais comme ils n'ont certainement pas souvent l'occasion d'en toucher du doigt. D'une claque sur les fesses, le Grec expédia la divine à plat ventre dans la salle de bains dont il referma soigneusement la porte.
Le Grec actionna les trois verrous, l'un après l'autre, posément. Il entrouvrit la porte. Elle lui sauta des mains et s'en alla frapper le mur, à toute volée. Devant le Grec, il y avait le gros Schmalz.

2 Ça saigne.

Un silencieux, ça ne fait pas beaucoup de bruit. C'est fait pour ça. C'est déjà quelque chose. Mais ce qu'ils devraient bien inventer, c'est un truc pour faire moins salissant.
Il y en avait partout. Le Grec se vidait comme un vieux boudin. Du sale sang noir et grumeleux avec des bouts de gras qui nageaient. Otto Schmalz avait un peu mal au cœur. Il se disait que voilà où menaient la cuisine à l'huile et le vin rouge. Il rangea la mitraillette dans l'étui à violon. Par amour du travail fignolé, il laissa dépasser de l'étui un coin de la partition de Tannhaüser. Cette partition concernait les cymbales, mais Otto Schmalz ignorait le solfège.
Le Grec n'en finissait pas. Ses joues tremblotaient vaguement, sa bouche faisait des bulles, ses yeux basculaient en arrière. Otto Schmalz se demanda s'il savait aussi faire bouger ses oreilles. Mais ce n'était pas tout ça :
– Tu crèves ou je te fais la lecture ? proposa-t-il.
Et il écrasa les dents du Grec d'un maître coup de talon, de ce coup de talon qui faisait l'admiration des copains, en Pologne, au bon vieux temps. Seulement, c'étaient des crânes de bébés, ça n'esquintait pas les godasses comme ces saloperies de dents en or de Grec de mes deux. Il leva le pied, encore une fois, en visant le nez. Le Grec préféra crever.

3 Pas croyable !

Angelo Face de Renard pénétra dans la pièce. Il pouvait se le permettre, le Grec ne mordrait plus, maintenant. Il écarta le gros Schmalz, tâta le cadavre du bout de son soulier pointu.
– Zé t'avais prévénou. T'aurais pou t'éviter ça, beignet. T'es bien avancé, ordouré. Salé métèqué !
Il gifla les joues flasques du mort. Tiens, pas si mort que ça, après tout ! Voilà que le Grec avait happé entre ses dents la main du Rital et qu'il concentrait tout ce qui lui restait de forces à serrer les mâchoires. De drôles de mâchoires. Le Grec avait toujours aimé casser les noix avec les dents.
Angelo hurla.
– Otto ! Enfant dé coçon ! Qu'est-cé qué c'est qué cé travail ? C'est pour ça qué zé té paye ? Madonna, rémouetoi, Çoucrouté !
Otto Schmalz était profondément vexé. Jamais un de ses macchabées n'avait fait ça. Il empoigna le dessus de lit, l'étala sur la flaque qui caillait déjà et s'agenouilla. Saisissant le Grec aux oreilles, il le sonna durement contre le plancher. Le Grec fut enfin tout à fait mort. Pourtant, ses mâchoires ne lâchaient pas les doigts du Rital.
Angelo, vert comme une glace à la pistache, n'osait pas regarder. Il engueulait Schmalz, vouait la Madonna aux bordels à négros et faisait ses besoins sur tous les Grecs de la création. Le gros Schmalz, cependant, cherchait à se rendre utile. Il tenta d'écarter les mâchoires du Grec au moyen d'une fourchette, puis d'un pic à glace, puis d'un lit-cage. Sans résultat.
Il fallut bien en venir à la seule solution. Schmalz prit le risque d'en parler :
– Badron, on n'a bas les oudils gu'il vaut. Che grois gu'il vaut mieux gouber la dêde à ce gojon-là et l'emmener gomme za. On se témertera à la maisson...
L'opération dura longtemps, à cause de toutes les sales tuyauteries compliquées qu'il y a dans le cou des métèques. Le Rital avait tiré son chapelet. Il priait à toute vitesse, de la main gauche. Il s'était parié que s'il arrivait à dire deux chapelets entiers avant la fin, les vingt mille dollars qu'il avait misés sur Cuisse d'Azur dans la première lui rapporteraient du dix contre un.

4 Une grande sale.

Le dernier ligament céda en crissant. Otto Schmalz se redressa. Ses petits yeux myosotis s'écarquillèrent. Il retomba à genoux, joignit les mains et chanta « Douce nuit, ô sainte nuit ». En allemand, c'est encore plus émouvant. Surpris, Angelo se retourna.
La créature rousse qui venait d'apparaître à la porte de la salle de bains en aurait envoyé au tapis de plus blindés qu'eux. Elle marcha, et des mondes remuèrent sous son déshabillé rosée du matin. Elle vint droit sur le gros Schmalz. Elle dit :
– Hello !
Sa voix râpeuse vous massait le ventre.
Elle se colla au torse de béton. Otto referma sur elle ses bras interminables.
– J'aime les hommes, les vrais. Comme tu l'as possédé, ce tas de tripes ! Tu étais formidable. Chériii...
La plante carnivore aspira la bouche d'Otto Schmalz avec tout ce qui se trouvait dedans et une bonne partie des environs. Des feux de Bengale s'allumèrent dans le crâne pointu de l'Allemand.
Angelo, lui, ne perdait pas de vue l'essentiel.
– Commé ça, la mômé, tou as tout vou ? C'est bon. Otto, taillé-toi, tou es dans ma ligné dé miré.
Il sortit son lüger. Son geste manqua de vitesse : l'étui pendait sous son aisselle gauche et sa main droite était indisponible. Otto Schmalz gronda et serra plus fort la rouquine. Elle se tourna vers le Rital :
– Que craignez-vous ? Que je vous donne aux poulets ? Pas de danger. Je l'ai dans la peau, ce monstre-là !
Elle remit ça pour une nouvelle tournée d'oublions le reste du monde.
Angelo se faisait vieux.
– Et qu'est-cé qué zé fous, moi, avec cé trouc-là au bout

des doigts ? Otto, porca miséria ! Tou féras l'amore après les heures dou travail. Arrive ici, Çoucrouté !
La rouquine les aida à trouver des journaux et de la ficelle. Cela faisait un paquet très vraisemblable. Angelo avait l'air d'un gars qui ramène un chou-fleur du marché pour se taper la cloche avec sa bourgeoise.

5 Enfin, un gars sympa !

L'agent Patrick O'Connor était un tout jeune flic sorti de l'œuf le matin même. Il bouillonnait de zèle et fouinait partout. Pour sa première journée, il s'estimait gâté. Il venait de voir une grosse Buick noire stopper devant le « Penguin Hotel » et deux types en sortir pour s'engouffrer dans cette vieille cage à punaises. Or, il pouvait le jurer, l'un des deux types était Angelo Polenta, l'insaisissable potentat du crime qui rançonnait Mohican-City. Il avait longuement étudié sa fiche anthropométrique lorsqu'il faisait ses classes. L'autre, le tank, ce ne pouvait être que son tueur habituel, le Fritz Otto Schmalz. Il avait aussi repéré la boîte à violon. Il s'était planqué sous un porche, résolu à ne pas manquer l'occasion d'avoir un bon motif pour coffrer ce Rital insolent qui n'avait jamais donné prise à la moindre inculpation.

6 V'là la châtaigne.

Schmalz sortit le premier, une rousse sensationnelle pendue à son bras. L'agent Patrick O'Connor s'approcha. Lorsque parut Angelo Face de Renard, le jeune flic lui posa la main sur l'épaule.
Angelo n'eut pas l'air surpris.
– Salout, pétit, dit-il. Ça biçé ? Ma, dis donc, zé né té connais pas, toi. Nouveau, hein ? Eh bien, bonné çancé dans lé métier, pétit. Tou as l'air zentil. Zé parlérai de toi au cériff. Ton avancément, c'est dans la poçe. En attendant, prends touzours ça pour boire un coup.
De la main gauche, il tendit une pièce de cinquante cents.
Patrick O'Connor se sentit rougir.
– Laisse tomber, Angelo. Tu vas m'accompagner dans cette baraque et on verra un peu ce que tu y as fabriqué. Je crois que, cette fois, tu es cuit.
Angelo n'en revenait pas. Il se tourna vers Otto Schmalz.
– Ma qué cé qué c'est qué cé merdeux ? Occupé-toi dé ça, Çoucrouté !
Et il passa. O'Connor lui toucha le bras du bout de son bâton de flic.
– Minute. Qu'est-ce que tu déménages dans ce paquet ? Tu ne l'avais pas en entrant.
Angelo se pencha, mystérieux :
– Zé vais té diré, mon bizou. C'est dé la cocaïné. Trois kilos de cocaïné pour ma grand-mère qui est maladé. Faut pas lé diré !
Otto Schmalz éclata de rire. Ce fut comme si un quadrimoteur s'était écrasé dans la rue. Angelo ouvrit la porte de la Buick, peu désireux de s'offrir aux regards avec le paquet qui prolongeait son bras droit.
Le Rital ne craignait qu'une chose au monde : le ridicule. C'était le déshonneur si l'on venait à apprendre le tour qu'un macchabée, et un macchabée métèque encore, était en train de lui jouer.
Patrick O'Connor tira vivement de sa gaine son colt réglementaire et se retrouva sur les fesses. Tous les carillons de Pâques sonnaient à ses oreilles. Otto Schmalz souriait, l'air de s'excuser d'avoir dû en venir là. La rouquine bécotait à petits coups gourmands les énormes phalanges un peu écorchées par la mâchoire irlandaise.
– Tou viens, gros tas ? cria Angelo.
Schmalz posa l'étui à violon sur les genoux du policier.
– Feux-tu êdre chentil, mon mignon ? Fa tonc cheter ça sur la técharge munizibale, tu m'éfiteras un téranchement. Et dis ponchour au sheriff de notre part, et aussi au tistrict attorney. C'est des fieux gopains.
La Buick prit le virage dans un hurlement de pneus.
Patrick émergea du brouillard. Il ouvrit l'étui à violon. Le canon de la mitraillette était encore chaud. Une légère vapeur bleue s'en échappait paresseusement.

7 A vomir partout.

L'agent Patrick O'Connor se tenait devant le bureau, au garde-à-vous. Thomas Cookandsons, district attorney, dardait sur lui son regard sévère. Debout à l'écart, le sheriff Andrew J. Kissmycat paraissait mal à l'aise.
– Résumons, voulez-vous, dit le magistrat. Selon vous, le sieur Théokratès Pakédos, dit Théo le Grec, ne serait pas décédé de mort naturelle. Permettez-moi de vous rappeler les conclusions du coroner. Elles sont formelles : congestion cérébrale due à une absorption exagérée d'alcool éthylique. Il était saoul à crever, il en est crevé. C'est clair.
– Mais sa tête ! Il n'avait plus de tête...
– C'est ce que je viens de dire. Il avait tellement bu qu'il avait perdu la tête. D'autre part, vous accusez deux honorables citoyens de notre ville, que je ne nommerai pas par égard pour eux, d'être mêlés à cette mort. Accusation purement calomnieuse, où je suis tenté de voir une basse manœuvre...
– Mais je les ai vus ! Ils m'ont remis, toute chaude, l'arme du crime. On peut comparer : les balles correspondent.
Le district attorney eut un sourire plein de patience.
– Ils vous ont remis une mitraillette en vous disant d'aller la jeter sur la décharge municipale. N'ont-ils pas agi en bons citoyens, respectueux des lois qui interdisent la possession d'armes à feu ? En la confiant à un policier en uniforme, ne prouvaient-ils pas la pureté de leurs intentions ?
La voix du district attorney se fit tranchante.
– Mon jeune ami, je ne crois pas que vous deviez persévérer dans une carrière qui... hum... requiert une pondération qui semble vous faire défaut. J'accepte donc votre démission. Estimez-vous heureux si ces Messieurs ne déposent pas une plainte contre vous pour diffamation.
Patrick posa ses deux poings sur le bureau.
– Ouais... Débarqué, hein ? Parce que je ne joue pas le jeu. Parce que j'ai compris pas mal de trucs depuis douze heures que je suis dans la police. Angelo le Rital : tabou. C'est le grand caïd de Mohican-City. Toutes les huiles lui mangent dans la main. Je comprends maintenant pourquoi il est insaisissable ! Non, je ne vous donne pas ma démission. Je vous la fous à la gueule. Tenez, le voilà votre uniforme de pourris ! Tenez, vendus ! Tenez, crapules !
Il arrachait sa casquette, sa tunique, son pantalon, les jetait à la tête du magistrat et du sheriff. Il sortit, claqua la porte et traversa le poste de police. Ses ex-collègues ricanèrent. Seul, un vieux flic à moustache blanche se détourna pour écraser une larme de honte.
Comme il rentrait chez lui par les rues animées, en caleçon court et support-chaussettes lilas, il se jura d'évincer le crime de sa chère cité, dût-il y laisser sa peau après y avoir laissé sa culotte.

Le sheriff se débarrassa du pantalon dont les bretelles s'emmêlaient dans ses moustaches. Il regarda le district attorney.
– Ouais... Ce blanc-bec m'a l'air décidé à faire l'andouille.
– Il se cassera le nez. Prévenez Angelo. Je me charge du maire et du sénateur.

8 Ça va ressaigner.

Patrick O'Connor passa la nuit à réfléchir. Au matin, il avait son plan.
Il prit une douche, s'habilla, ajusta sous son aisselle, à l'aide d'un vieux soutien-gorge qui servait à la femme de ménage pour faire les cuivres, un énorme colt à barillet échangé par son grand-père maternel à un déserteur nordiste contre une négresse de quatorze ans, et descendit s'envoyer un steak aux oignons chez le drugstore. Il acheta un demi-gallon de bourbon dans une bouteille plate qu'il se cala sur la fesse, dans sa poche-revolver. Il était prêt.
Il prit le métro, changea plusieurs fois de direction. Certain de n'être pas suivi, il pénétra dans une cabine téléphonique. Il consulta l'annuaire et forma un numéro.
Une voix pleine de mâchefer lui demanda :
– C'est bourguoi ?
– Salut, bulldozer. Passe-moi ton boss.
– Che gombrends pas.
– Ça va. J'ai assez ri, barbaque. Va me chercher Angelo. Je te dis qu'il est preneur.
Une minute passa. Il entendit enfin :
– Allô ?
– Comment vont tes doigts, Angelo ?
Un gémissement répondit :
– Oïmé ! Pas bien dou tout. Ma... qui parlé ?
– Cherche pas, sauce tomate. J'ai juste deux mots à te dire. Tu aurais bonne mine si quelqu'un racontait dans Mohican-City la petite anecdote du macchabée qui mord, tu ne trouves pas ?
– Zé né comprends pas. Qué cé qué c'est qué cetté saladé ?
– Te fatigue pas. Je veux seulement te dire que je connais toute l'histoire, avec preuves à l'appui. Très drôle. Les gars vont bien rigoler, en ville.
– Salopé ! Et alors, qu'est-cé qué tou veux ? Dou pognon ? Combien ?
– Ce que je veux, Angelo, c'est que tu débarrasses cette ville. Compris ? Je veux que nos enfants puissent grandir dans un climat propre. Voilà, Angelo. Tu as vingt-quatre heures. Sinon, je te ridiculise à tout jamais. Salut.
Patrick raccrocha sans attendre la réponse. Il s'amusait beaucoup. A travers les cloisons vitrées de la cabine, il vit deux gars qui rigolaient encore plus que lui. L'un d'eux était bâti comme le Mur de l'Atlantique et son rire secouait la cabine comme une feuille dans le vent d'automne.
Otto Schmalz ouvrit la porte et s'inclina :
– N'aimeriez-fous bas fenir ricoler afec nous, cher ami ?
La Buick ronronnait, tout près. Deux objets durs appuyés à ses côtes convainquirent Patrick qu'il valait mieux y aller de bon cœur.

9 Ça ressaigne.

La cave était merveilleusement insonore. Les cris s'étouffaient à quelques centimètres des lèvres et tombaient sur le sol comme des flocons de neige.
Dans la fête foraine qui tonitruait sous son crâne, Patrick essayait de saisir la queue d'une pensée. Il parvint à décoller ses paupières gauches.
Angelo remarqua :
– Tou as dé la çancé, Otto. Si tou mé l'avais toué tout à fait...
– Dé touté façon, zé vais té liquider, mon zoli. Ma d'abord, zé veux zouir oun'po dé ta conversazioné... Voyons, cette histoiré qué tou m'as racontée au téléphoné, tou l'as racontée à qui d'autre encoré ?
Les lèvres de Patrick n'étaient qu'un amas de viande hachée, et si enflées qu'il croyait avoir deux têtes. Il parvint à bredouiller :
– J'ai écrit... histoire... dans enveloppe... Chez ami... Si je ne retourne pas ce soir... ouvrira enveloppe... enverra anecdote aux journaux.
– Cet ami ? Son adressé ?
Patrick referma son œil.
– Otto ! Au boulot !
Otto Schmalz dressa Patrick dans un angle et l'y maintint d'une main, travaillant de l'autre. Des biftecks allèrent se coller aux murs.
– Stop ! cria Angelo.
Patrick glissa à terre.
– Che grois qu'il barlera bas, badron. Il se laissera bludôt grever, dit Schmalz.
– Peut-être qu'il blouffé, avec son histoiré d'ami. Ma c'est danzéreux. Si c'était vrai ?
– Bah, c'est bas si grafe. Moi aussi che la gonnais, l'histoire du magghabée gui mord. Che droufe bas ça marrant.
– Sacramento ! Ma c'est vrai ! Et z'allais t'oublier... Bouzé pas, Çoucrouté !
Le lüger cracha six fois. Le gros Schmalz s'abattit. La maison oscilla.
– Mainténant, à toi ! dit Angelo.
Il visa la tête de Patrick.
– Chériii !...
La rouquine était dans ses bras.
– Comme tu étais beau quand tu as descendu ce gros tas ! J'aime les hommes, les vrais. Chériii...
Elle prit entre ses mains le museau de renard hépatique, le recouvrit de ses lèvres carnassières. On entendit un bruit de trayeuse mécanique. Angelo oublia tout.

10 Non mais, quelle pouffiasse !

Une douleur aiguë tira Patrick du coma. C'était l'alcool de son demi-gallon de bourbon, brisé dans la bagarre, qui lui picotait le fondement.
La crosse du revolver du gros Schmalz luisait doucement par l'entrebâillement de la veste du mort. Patrick rampa jusque-là.
Angelo était plongé jusqu'aux oreilles dans le dix-huitième baiser d'une belle série lorsqu'il entendit dans son dos :
– Jette ton feu !
Il n'avait rien d'autre à faire. Angelo obéit. A son tour, Patrick balança le gros lüger dans un coin. Il s'avança :
– D'homme à homme, Face de Renard. A mains nues. O.K. ?
Angelo avait déjà plongé. Patrick le cueillit au passage d'un coup de genou sous le menton. Il acheva de le redresser par un uppercut soigné, redoubla d'un droit qui fit sonner le crâne du Rital contre le mur et le renvoya tout chaud entre les poings de Patrick. Le gangster ne fut bientôt plus qu'un tas très plat sur le ciment.
Une flamme rouge sortit de l'ombre, s'enroula autour du vainqueur.

– Chériii... Tu étais magnifique ! J'aime les hommes, les vrais. Chériii...
Patrick sentit ce qui lui restait de visage aspiré par une tornade. Vingt mille volts le traversèrent. Il plongea dans un gouffre sans fond.

11 On remet ça.

Une toux discrète le rappela sur terre. Deux messieurs se tenaient près de la porte. Dans leurs mains brillaient des revolvers finement nickelés.
– Monsieur le Maire, dit le sénateur, je crois que ce voyou est précisément celui dont nous parlait l'attorney. Nous arrivons à point...
Deux lèvres goulues l'interrompirent. Deux bras parfumés ceignirent son cou. Profitant de la diversion, Patrick avait de nouveau le lüger en main. Un petit sourire amer plissait ses lèvres.
Le sénateur put enfin respirer :
– Caroline ! Ma fille ! Toi ici ?
La rouquine battit des mains.
– Mon petit papa ! Que je suis contente !
Patrick se sentit mieux.
– Messieurs, commença-t-il lorsqu'ils eurent jeté leurs armes et se furent assis sur les marches de l'escalier, c'en est fait du crime et de la corruption dans Mohican-City...
Le sénateur et le maire n'étaient pas vraiment endurcis dans le mal. Quand Patrick O'Connor se tut, les deux pécheurs pleuraient dans les bras l'un de l'autre. Cachant sa honte derrière son admirable chevelure, Caroline hoquetait à gros sanglots.
– Je n'étais qu'une roulure, une paillasse à gangsters, un monstre ! Mais c'est fini, je le jure ! Je serai pure, je chanterai à l'office du dimanche, je tricoterai des mitaines pour les petits Hindous. Tu m'as montré le droit chemin. Chériii...
Patrick replongea dans le gouffre sans fond.

12 Il y a quand même un bon Dieu.

Quand le nouveau sheriff Patrick O'Connor épousa la fille du sénateur Quaker T. Oat, la ville entière vint acclamer son sauveur. Douze petits enfants de diverses couleurs, reliquat de la ci-devant vie aventureuse de la jeune mariée, portaient l'immense traîne de sa robe immaculée.
Après la cérémonie, Patrick fit solennellement don à l'Hôpital Municipal d'un million de dollars, fruit des trafics malpropres du sénateur son beau-père avec les gangsters. Il n'aurait voulu pour rien au monde conserver l'argent de la honte. Maintenant qu'il était sheriff, il se faisait fort d'en amasser le double avant un an.

Les petits mots utiles

QUI

- Qui rit vendredi, c'est toujours ça de pris.
- Qui a mangé des clous se torche de tenailles.
- Qui a le nez pris dans une porte ne pense pas à ses fesses.
- Qui aime bien châtre bien (Proverbe chat).
- Qui vole un œil d'œuf vole un œil-de-bœuf.
- Qui veut toute la soupe pour lui crache dans la soupière.
- Qui sème des lames de faux récolte des culs-de-jatte.
- Qui veut noyer son chien dit que c'est un poisson rouge.
- Qui vole un pou vole un hibou.
- Qui trop embrasse a les lèvres enflées.
- Qui n'a pas de fond de culotte doit toujours faire face.
- Qui veut sodomiser son père l'appelle maman.
- Qui casse les verres boit avec une éponge.
- Qui a froid aux doigts se mouche aux murs.
- Qui n'a jamais péché a droit à un porte-clefs.
- Qui pleure vendredi, dimanche ne saura pas quoi faire.
- Qui dort dîne, qui dîne fait des miettes dans le lit, qui fait des miettes dans le lit ça le gratte, qui est gratté ça le réveille, qui se réveille n'a pas dîné, qui n'a pas dîné se dit que tous ces proverbes à la con c'est pas ça qui remplit le ventre, merde, alors.

Les proverbes célèbres

Les proverbes sont l'expression de la sagesse de nos pères et de leur sollicitude envers nous. Ils nous les ont légués afin qu'ils nous viennent en aide dans les moments difficiles de la vie. Ils sont toujours très beaux et il arrive même qu'ils ne soient pas complètement idiots. Nous devons aimer et respecter les proverbes, même si nous ne comprenons pas bien tout. Nous devons les traiter avec bonté et les emmener faire pipi deux fois par jour.

- Quand le chat est parti, on mange le chien.
- Bonne renommée vaut mieux que ceinture dorée, mais ceinture dorée vaut mieux que pantalon tombé.
- L'homme n'est que poussière. La femme est un aspirateur.
- Quand on brûle la chandelle par les deux bouts, on la fait tenir par le voisin.
- Deux pigeons sur le toit valent mieux qu'un cheval sur la main.
- Quand un gendarme rit dans la gendarmerie, tous les gendarmes rient dans la gendarmerie, comme ça l'on sait où ils sont et on peut aller dévaliser la banque.
- Quand un cul-de-jatte rencontre un autre cul-de-jatte, ça fait un roi de jeu de cartes.
- Si ta main droite a commis une mauvaise action, efface les empreintes.
- Il faut manger pour vivre et vivre pour digérer.
- Entre l'arbre et l'écorce, on peut parfaitement mettre le doigt si l'on a d'abord coincé un petit morceau de bois.
- Plus je regarde les hommes et plus j'aime les femmes.
- Plus on a de pieds, moins on sait quoi en faire.
- Qui aime bien chatouille bien.
- Le basset est le meilleur ami du paveur.
- Anticonformiste comme une taupe presbyte.
- Désarmé comme un cul-de-jatte dans un coquetier.
- S'il y avait moins d'enfants-martyrs, il n'y aurait pas autant de pères indignes.

POUR LE MÊTRO, C'
EST TOUT DROIT, VOUS
NE POUVEZ PAS VOUS
TROMPER...

JEAN VAN EYCK (1380- 1440)

DU GUESCLIN ET SA FEMME SE DEMANDANT LEQUEL ILS VONT NOYER : LE CHIEN OU LE BEBE?

La peinture à l'huile

Pas de Culture sans Peinture. A l'huile. Peinture à l'huile, exclusivement. L'observateur impartial de notre temps, de ses banlieues et de ses impedimenta est bien obligé de s'incliner devant l'éclat de cette vérité, ou alors c'est qu'il est payé par des gens puissants qui ont intérêt à faire croire le contraire, par exemple les peintres à l'eau. Ces voyous proclament en effet qu'ils ont opté pour une discipline incomparablement plus riche en possibilités artistiques, alors que, c'est prouvé, leur foie ne supporte tout simplement pas l'odeur de l'huile à peinture.
Il existe deux sortes de peinture à l'huile. Il y a la peinture d'hier et il y a la peinture de demain.
On les distingue facilement. La peinture de demain est celle qui vous fait comme lorsqu'on prend soudain les pleins phares du camion en pleine gueule. La peinture d'hier, c'est celle où il y a des rois, des jocondes, des soldats et plein d'autres petits mickeys habillés marrant.
La peinture de demain, aucun problème. Vous êtes plongé dedans depuis votre première tétée, elle tisse les fils d'or de votre vie, je n'ai donc rien à vous en apprendre.
La peinture d'hier, par contre, nécessite une INITIATION (voir ce mot). C'est cette initiation qui vous est dispensée ici. Lisez attentivement ce qu'il y a d'écrit. Regardez les gravures, bien à fond, longtemps. Vous remarquerez qu'elles sont très belles, surtout les cadres. Vous pouvez détacher la page et emporter la gravure avec vous au travail, afin de vous imprégner de beauté. Elle vous vaudra l'estime du contremaître chaque fois que vous poserez votre brouette pour la contempler bien à votre aise.

Jean Van Eyck (1380-1440)

Jean Van Eyck a droit à notre reconnaissance émue. C'est à lui, en effet, que nous devons la découverte de la peinture à l'huile. Il est donc le véritable père de l'art pictural, les frères Ripolin n'ayant fait que vulgariser un procédé dont ils n'étaient pas les inventeurs.
Avant Van Eyck, les expositions manquaient de variété. On allait aux vernissages pour soigner sa réputation d'homme dans le vent et pour manger des petits sandwichs au salami, mais on sentait bien, devant les murs nus, qu'il manquait quelque chose.
En 1365, le grand ébéniste français Marie-Ange Ségalot avait inventé le cadre, insufflant du même coup un intérêt nouveau au Salon d'Automne. Un frémissement précurseur avait couru sur le monde artiste. On était sur la voie. On sentait qu'il ne manquait plus qu'un petit je ne sais quoi. Mais quoi ?
Enfin, Van Eyck vint.
A vrai dire, il croyait avoir inventé la mayonnaise. Humble marmiton dans les cuisines du puissant duc de Bourgogne, rien ne laissait prévoir son étincelante destinée.
Un jour, le duc convia son voisin, le duc de Postillon, à chasser l'escargot sur ses plantureuses terres de Bourgogne. L'escargot se chasse au faucon plutôt qu'à l'arquebuse, qui a l'inconvénient de trouer la coquille et de laisser se perdre le beurre sur le plastron du justaucorps. La saison était sèche, l'escargot casanier. On revint bredouille. En telle occurrence, il est de tradition de manger les faucons. Ce que l'on fit. Mais le faucon, pour donner le meilleur de lui-même, demande une sauce tout autre que celle qui réjouit l'escargot. Le maître queux ayant disparu dans une meule de paille avec Isabeau de Bavière, le duc ne trouva que le jeune Van Eyck pour prendre en main la situation. Convenablement stimulé au fouet à faucons, Van Eyck sut saisir la chance de sa vie. S'étant recueilli un bref instant, il improvisa hardiment.
Le résultat fut un brutal relâchement des viscères seigneuriaux dont la maison ducale de Bourgogne ne devait jamais se relever. C'est donc, entre parenthèses, à Van Eyck encore que nous sommes redevables de la déconfiture ultérieure de Charles le Téméraire, mort dans les feuillées sans avoir pu ôter son armure, et de la victoire consécutive de notre bon roy Louys l'onzième. Sans Van Eyck, la France se fût appelée la Bourgogne et nos ancêtres les Burgondes, perspective riche en intéressants sujets de méditation pour les esprits portés à la chose.
Il y a ici un trou de plusieurs années dans la biographie de Jean Van Eyck. Comment l'intuition lui vint-elle des merveilleuses applications de la sauce Van Eyck dans le domaine des Beaux-Arts ? Mystère du génie créateur... Toujours est-il que, vers 1402, Van Eyck se mit à peindre des petits bonshommes rigolos comme tout à l'intérieur de ces cadres de bois doré qu'on accrochait alors aux murs pour faire joli. Il peignait à même le mur, évidemment. Lorsqu'on voulait changer le tableau de place, on découpait le mur. Mais cela laissait un trou. Alors, on inventa la fenêtre, puis l'échelle de corde, puis la mandoline. Sans Van Eyck, pas de Roméo et pas de Juliette.
On peut dire de Van Eyck qu'il a un pied dans le Moyen Age et l'autre qui n'en pense pas moins. Ses œuvres sont encore empreintes de ce mysticisme frais et naïf des enluminures des manuscrits et cependant, en regardant bien, on discerne dans le décor des antennes de télévision qui attestent que l'artiste se tournait résolument vers l'avenir.
Chacun garde en son cœur une pensée émue pour la délectable « Sainte Blandine jetée aux Lions et mangeant des Cacahouettes », pour la céleste « Jeanne au Bûcher se faisant lire les Lignes de la Main », pour le magnifique retable, orgueil des Abattoirs municipaux de Knokke-le-Zoute : « Adam et Ève chassés par l'Archange pour avoir donné trop peu de Pourboire » et, surtout, pour le triptyque fameux de la cathédrale de Kûss-myn-Klout en Flandre, dont le panneau central représente « Les Saintes Femmes au Calvaire jouant à Chat perché », le volet de droite « Le mauvais Larron dérobant la Couronne d'Épines qu'il avait prise pour un Bretzel » et le volet de gauche « Le bon Larron dénonçant son Copain à la Police ».
Ses portraits ne sont pas moins cotés. Celui de Louis XI était si ressemblant que ce monarque fit jeter le peintre dans un cul-de-basse-fosse où il mourut bientôt, rongé par le chagrin et par les champignons de couche. Son frère, qui était resté au pays pour s'occuper des cochons, vécut gras et joyeux jusqu'à un âge fort extrême. Ce qui prouve bien que l'intelligence ne vaut rien aux pauvres gens.

Les petits mots utiles

QUAND

- Quand les poules auront des dents, les renards auront des tenailles.
- Quand le chat est parti, les souris ont peur du lapin.
- Quand il reviendra, le temps des cerises, l'appendice du goinfre s'emplira de noyaux.
- Quand les parents boivent, les enfants collectionnent les porte-clefs offerts par les marchands de vins.
- Quand les hirondelles volent bas, les pavés se prennent pour des nuages.
- Quand le vin est tiré, le coup n'est pas loin de l'être.
- Quand je quitterai cette boîte, je ne dirai pas à mon patron dans quel tiroir j'ai caché un camembert.
- Quand tu frappes quelqu'un sur la joue droite et qu'il te tend la gauche, donne-lui un coup de pied au cul, ça le déroutera.
- Quand on parle du loup entre bègues, on n'en voit jamais la queue.
- Quand on met la charrue avant les bœufs, c'est pour leur faire croire qu'on les emmène à la fête.
- Quand tu marches dedans du pied gauche, et qu'en glissant tu t'en mets plein les mains et qu'en essuyant le sang sur ton nez tu t'en mets plein la figure, et qu'en te relevant tu t'aperçois que tu en as plein ton costume, et que tu as déchiré ton pantalon, et que tu as perdu ton portefeuille, et que tu as cassé ta montre, et que ta femme en a profité pour partir avec un receveur d'autobus, et que tu en retrouves encore à midi dans ton casse-croûte, il faut vraiment que tu l'aies fait exprès.

J.-B. Greuze (1725-1805)

Jean-Baptiste Greuze est un de ces peintres qui honorent le lit qui les a vus naître. Il débuta comme mousse sur les vaisseaux qui partaient pêcher la morue, mais sa maîtrise du coloris le fit monter rapidement en grade et il en revint marchand de mouron. A l'âge de soixante-cinq ans, il exposa sa première œuvre : « Homme se crachant sur les pieds ». Ce fut un triomphe. Trente ans après, la critique porta aux nues sa « Femme ratant une mayonnaise ». La gloire était là, et Greuze put enfin vendre son vieux pantalon pour s'acheter du pain.
Les œuvres de Greuze se signalent par une exquise sensibilité mise au service d'une morale pleine de bienveillance. Sa toile la plus célèbre est sans doute « Le retour de l'enfant prodigue revenu chercher la petite monnaie ». Certains lui préfèrent la haute et grave figure du « Père de famille enseignant à ses enfants à tricher à la belote ». Dans ce genre difficile, citons encore : « Le paralytique jeté à la voirie par ses enfants » et « L'aveugle recevant un pot d'immondices ».
Greuze n'excella pas moins dans l'art subtil du portrait. On admire toujours son incomparable « Portrait de Son Altesse la Duchesse d'Orléans mangeant un caramel mou », un des sommets de l'art occidental.
La nature morte devait tenter cet amoureux de la difficulté. On parle avec faveur de son « Chat crevé aux mouches vertes » et de sa « Petite culotte aux cerises », deux merveilles où triomphent l'observation aiguë et la fraîcheur du coloris.
Jean-Baptiste Greuze mourut d'indigestion après avoir mangé son soulier gauche, un soir d'orgie. Ses voisins le regrettèrent, car il leur avait emprunté l'argent du terme.

Léonard de Vinci (1452-1519)

C'est à tort que l'on considère Léonard de Vinci comme un peintre. Il était tout, sauf cela.
Il montra dès sa plus tendre enfance les signes d'une vive intelligence alliée aux aptitudes les plus remarquables pour les travaux manuels. Les plus sceptiques durent convenir qu'ils n'avaient pas affaire à n'importe qui lorsqu'on le vit sortir du ventre de sa mère dans un léger esquif de sa fabrication mû par une petite machine à vapeur agissant sur deux roues à aubes et sur un sifflet accordé en la majeur qui salua joyeusement la jeune accouchée, la sage-femme et le noyeur d'enfants assermenté.
Le petit Léonard franchit les étapes du génie en homme qui n'a pas que cela à faire. A deux mois, il inventait le couteau à six lames, à trois ans, l'œuf à repriser les chaussettes, à huit ans, le piano à clavier circulaire pour jouer des valses, à dix ans, la sauce Buitoni, et à dix-huit ans le poumon artificiel capable de souffler dix-huit bougies d'un seul coup.
En même temps, sa fringale de savoir dévorait toutes les sciences connues à l'époque : mathématiques au crayon, à l'encre et sur les doigts, alchimie ondulatoire, scatologie comparée, sorcellerie purgative, plomberie-zinguerie non euclidienne, médecine offensive et défensive, théologie par voie rectale, euthanasie familiale, aérophagie plane et dans l'espace, obstétrique prématurée, zoologie des régions pileuses, poésie bubonique, érotologie des pachydermes, serrurerie sur troncs des pauvres, blennorragie paramilitaire, astrologie des profondeurs, stratégie variqueuse, anglais sans peine... il faut nous arrêter, de crainte de lasser la patience du lecteur, bien avant d'avoir épuisé la liste des austères disciplines où s'abreuva ce titan.

(suite p. 29)

J.-B. GREUZE (1725-1805)

ENFANT DONNANT LA SYPHILIS A SA PETITE SŒUR

LÉONARD DE VINCI (1452-1519)
FEMME FAISANT DU VÉLO EN LÂCHANT LES MAINS.

(suite de la page 26)

Enfin, à soixante-quatorze ans, Léonard toucha au but de tant d'efforts : il devint champion régional de mots croisés. Et, pour la première fois, il leva les yeux de sur ses livres. Il vit Signora Bellabella Dimmiqualcosa qui allait à la messe.

Signora Bellabella était très belle : ses cheveux étaient d'or, ses yeux étaient deux. Signora Bellabella était très riche : la queue de sa robe avait six toises de long, et deux pages, debout dessus, se laissaient traîner, les paresseux, au lieu d'en soutenir l'extrémité.

Léonard était vierge. Le choc fut rude. Le soir même, il était sous la fenêtre de Signora Bellabella Dimmiqualcosa avec tout ce qu'il faut pour une sérénade.

Or sachez qu'en ce temps-là la mandoline était encore à naître. Les amoureux donneurs de sérénades, faute de mandoline à gratter, grattaient une palette au moyen d'un pinceau. Dans le noir, cela ressemblait beaucoup à une mandoline et cela ne réveillait pas les maris.

Léonard, ayant envoyé dans les carreaux de l'aimée une brique enveloppée du programme de sa sérénade, s'assit par terre et attendit. Lorsque, rougissante derrière son loup de dentelle noire dans lequel huit mouches s'étaient pris les pattes, Signora Bellabella parut, Léonard acheva son oignon et sa tartine de fromage blanc, replia son couteau, salua et commença la sérénade.

Signora Bellabella laissa paraître d'éloquents signes d'émotion. Elle prit une rose à son corsage, fendit l'extrémité de sa tige à l'aide d'un petit couteau, glissa dans la fente un empennage de plume afin d'assurer la rectitude du tir et elle allait, d'un geste gracieux, la lancer à Léonard, lorsque son mari, réveillé par le frottement du pinceau sur la palette – il avait l'ouïe très subtile –, vint dans la rue voir ce qu'il en était. Avisant palette et pinceau, il fut très content, car justement il voulait faire tirer le portrait de sa femme. Ainsi Léonard se trouva-t-il introduit dans la place. Sous peine de trahir sa dame, il lui fallut bien s'exécuter. Le mari fut tellement satisfait du portrait qu'il voulut l'accrocher au-dessus de la grille d'entrée de son pavillon avec l'inscription « Sam Su Phi ». Ce qui est très joli, bien qu'italien. Et puis il changea d'idée et mit : « La Joconde ». Ce qui est idiot et ne veut rien dire du tout, même en italien.

Il recommanda le peintre à ses amis. Léonard fit beaucoup de portraits et devint riche. Mais il demeurait triste : il était homme de science, pas photographe. Alors, quand il fut devenu un très, très grand peintre, il posa ses conditions : il n'acceptait de peindre que si, en même temps, on lui passait commande pour un grand travail d'ingénieur. Caprice d'artiste qui lui valut un surcroît de vogue.

Le pape lui ayant commandé une Cène, il livra en même temps un taille-clochers, machine prodigieuse qui apportait un gain de temps appréciable par rapport à l'antique canif à tailler les clochers en pointe. On lui doit également le premier sous-marin à guidon de course, le suppositoire à sens unique, l'avion à traction bovine, le char d'assaut à cage d'écureuil, le boulet de canon cubique s'entassant facilement en pyramides, etc.

François Ier l'échangea au pape contre un pantalon encore très mettable et l'emmena en France où il lui confia un problème ardu : la mise au point d'un appareil permettant de se gratter le dos. On sait que la syphilis du roi lui donnait des démangeaisons gênantes. Léonard, tout en peignant d'une main, inventa le grattoir à manche, un des piliers du monde moderne.

Léonard eût pu vivre beaucoup plus longtemps. En fait, il serait même encore en vie s'il ne s'était pas étouffé en mangeant du macaroni. Les derniers mots du grand Italien furent un hommage à sa patrie bien-aimée :

« Porca miséria ! Z'avais dit : dou parmesan ! Zamais dou grouyère ! Zamais ! Za... »

Frans Hals (1580-1666)

Pour n'être pas un peintre aussi connu du vulgaire que Michel-Ange, Picasso ou Samothrace, Frans Hals n'en occupe pas moins une place fort honorable dans le petit Larousse : juste avant « haltère » et après « hâleur ». La vérité nous oblige à reconnaître que sa prodigieuse précocité tarda quelque peu à se manifester, puisque à l'âge de trente-cinq ans il était encore nourri au sein et que sa maman devait se faire aider par un déménageur pour changer ses langes, car c'était un beau bébé.

Il avait un vilain défaut : il rongeait ses ongles. Ses parents voulurent le corriger de cette habitude vicieuse, car, à cette époque, on ne savait pas qu'il s'agissait d'un complexe d'Œdipe refoulé qui le poussait à châtrer son père pour varier le menu. On essaya tour à tour les remèdes les plus éprouvés : on enduisit ses doigts de goudron et de plumes, on les trempa dans l'anus d'un chat, on les chauffa au rouge blanc afin qu'il se brûlât la langue, on dissimula un piège à rats dans sa bouche... Rien n'y fit. Il fallut se résigner à lui coudre les lèvres. Alors, le méchant enfant fourra ses doigts dans son nez. Les malheureux parents étaient au désespoir. C'est là que le destin les attendait.

Vint à passer dans le pays le célèbre peintre Rubens (1577-1640) que le roi avait chargé de repeindre toutes les bornes kilométriques des Pays-Bas. Ayant, un dimanche après les vêpres, culbuté trois fois de suite Mme Hals mère dans le panier de linge à repasser, Rubens fut de ce moment considéré comme étant de la famille. Il conseilla d'arracher les ongles de Frans et de greffer à la place des pinceaux en poils de martre. Cela fait, on plaça devant Frans un chevalet, une toile et des couleurs, on fit prendre la pose à la grand-mère, nue et tenant un bouquet de violettes, et l'on ferma la porte à clef. L'effet fut prodigieux : Frans Hals peignit la grand-mère en rouge vif, y compris le blanc des yeux et l'intérieur des orifices naturels. La pauvre vieille dame ne s'en releva jamais : c'était de la bonne peinture. Mais Hals avait trouvé sa voie.

Frans Hals devint rapidement un maître en son art. Il savait même peindre de la main gauche, les yeux fermés, debout sur un seul pied et tenant une ombrelle en équilibre sur son nez. Sa femme faisait la quête.

Hélas ! ce grand artiste resta toujours un mauvais sujet. Il se vautra dans la gourmandise et dans la lubricité au point de manger du lard avec son pain même les jours de semaine et de commettre l'acte sexuel jusqu'à des deux fois par mois. Son œuvre est tout entière vouée à l'exaltation de la débauche et de l'orgie, aux épaisses réjouissances de la soldatesque et de la populace.

La grand-mère cependant resta son unique modèle : elle seule pouvait faire naître en lui l'inspiration. Elle posa, entre autres, munie de moustaches postiches, pour le portrait que nous reproduisons ci-contre.

Le bedeau de la cathédrale d'Utrecht lui ayant commandé un tableau monumental pour faire pendant au « Passage de la mer Rouge à Cloche-Pied par les Hébreux », d'Albrecht Dürer, il exécuta en une seule nuit de fiévreuse ardeur son célèbre « Passage de la Quéquette au Cirage chez les Mousquetaires du Roy » qu'on peut admirer aujourd'hui au British Museum en montant sur une chaise et en poussant un peu le tuyau de poêle qui passe juste devant.

Citons encore : « La Relève des Cottes de la Cantinière », « Arquebusiers blessés comparant leurs Virilités au grand Effroi des Religieuses », « Lansquenet ayant mangé des Prunes et profanant les Vases sacrés » (Épisode des Guer-

(suite page 30)

(suite de la page 29)
res de Religion), « Le Chasseur a perdu son Chien. Saurez-vous le retrouver ? » Parfois, dans la compacité de cette œuvre truculente et brutale luit une oasis de fraîcheur et de poésie, telle cette exquise « Jeune Fille arrachant un Œil à un Lapin ».
Frans Hals gagna beaucoup d'argent. Mais il y a une justice, heureusement : il acheva ses jours dans une misère abjecte. Ses concitoyens, toutefois, ne furent pas ingrats envers celui qui leur avait valu la gloire. Sa ville natale le logea gratuitement dans un vieux tonneau et lui assura un bol de reste de soupe par jour à condition qu'on le montrât chaque jeudi aux enfants des écoles comme un exemple des conséquences de la mauvaise conduite.

Les petits mots utiles

SI

- Si votre sœur vous disait : « Je veux épouser un vélo de course », quel nègre iriez-vous pendre ?
- Si tous les gars du monde voulaient se donner la main, en profiteriez-vous pour leur faire les poches ?
- Si vous étiez jeté sur une île déserte sans parachute, quels livres voudriez-vous emporter ?
- Si Jésus-Christ revenait sur terre, continueriez-vous à uriner dans le lavabo ?
- Si une fée vous donnait trois souhaits à choisir, commenceriez-vous par la déculotter, c'est toujours ça de pris, on verra bien après si elle cause sérieusement ?
- Si le chirurgien vous demande s'il doit sacrifier la mère ou l'enfant, partez-vous pour la campagne avec l'infirmière ?
- Si la patrie est en danger, donnez-vous un coup de pied à votre chien ?
- Si vous voyez des éléphants roses jouer du biniou sur la route, continuez-vous à tenir le volant d'un seul pied ?
- Si Versailles m'était conté, en profiteriez-vous pour faire du gringue à ma femme ?
- Si Johnny Halliday vous donnait sa photo, changeriez-vous quelque chose à votre train de vie ?
- Si vous ne l'aviez pas vu, auriez-vous jamais cru que la cantinière avait du poil aux fesses ?
- Si les hommes cessaient enfin de s'entre-déchirer en des guerres sanglantes et fratricides, de quoi pourrions-nous bien parler ?
- Si la reine d'Angleterre passait devant vous sans vous dire bonjour, vous inscririez-vous au parti communiste ?
- Si Dieu existait, changeriez-vous quelque chose à vos habitudes ?
- Si jeunesse savait, vieillesse passerait un mauvais quart d'heure.
- Si c'était pas pour les gosses, n'auriez-vous pas depuis longtemps dit à votre patron ce que vous pensez de ses manières, et pas qu'un peu ?
- Si c'était à refaire, vous engageriez-vous, vous rengageriez-vous dans les troupes coloniales ?
- Si l'on vous donne une gifle sur la joue gauche, privez-vous votre gosse de dessert ?
- Si vous auriez su, auriez-vous venu ?
- Si vous cessiez de forniquer quand je vous parle, ce serait quand même plus poli.
- Si vous aviez de l'argent à foutre en l'air, auriez-vous quand même volé ce livre ?

FRANZ HALS (1580-1666)
HENRI IV VENANT DE DÉBOUCHER SON LAVABO

LES GRANDES FIGURES

Diderot

Diderot était de trois bons siècles en avance sur son temps. Pourtant, il n'était pas fier avec l'ouvrier. Les gens en avance sur leur époque ne sont pas heureux. Personne ne les comprend, on se moque d'eux, on leur fait des misères. Prenez, par exemple, Jésus-Christ. Il était chrétien deux cents ans avant tout le monde. Résultat : ils l'ont crucifié. Et, en un sens, on ne peut pas leur donner tort.

La maman du petit Diderot jouant avec son fils, ***par Watteau.***

Ses parents étaient pauvres : il leur pardonne

Denis Diderot aurait pu se contenter d'être un auteur cochon et gagner beaucoup d'argent, comme François Mauriac. Il a préféré choquer les honnêtes gens et faire le jeu des communistes chinois. C'est son affaire. Qu'il s'arrange avec sa conscience. Mais on ne peut exiger de moi que je dise du bien d'un individu qui traîne dans la boue les valeurs les plus sacrées de notre patrimoine spirituel. Ce serait trahir ma mission.
On ne peut dénier à Diderot une intelligence colossale, telle qu'on n'en dénombre pas plus de deux ou trois dans toute l'histoire de l'humanité. Bien dirigé, Diderot serait certainement devenu sacristain de son village. Hélas, il avait un mauvais esprit. Soit dit en passant, on a remarqué que ce sont toujours les gens très intelligents qui ont mauvais esprit. C'est pourquoi, en ce qui me concerne, je remercie chaque jour le Seigneur d'être plutôt pas tellement intelligent mais de penser juste. Je vous le demande, à quoi cela sert-il d'être plus intelligent que tout le monde si c'est pour dire des bêtises ?
Le père de Diderot était coutelier. Tout heureux d'avoir un fils, le brave homme lui acheta une petite trompette et une grosse meule à affûter les couteaux qui fonctionnait par l'intermédiaire de pédales, et puis il l'envoya assurer le service après-vente auprès de sa nombreuse clientèle. L'enfant revint au bout d'une demi-heure, entre deux gendarmes. Les gendarmes emmenèrent le père Diderot en prison pour avoir imposé à un enfant de trois ans un travail au-dessus de ses forces et ils envoyèrent le petit Denis à l'école. Telle est la loi dans un pays où ricane l'hydre de l'école laïque : les couteaux ne sont pas affûtés et les enfants deviennent des intellectuels de gauche. Et on récolte quoi ? On récolte Diên Biên Phu.
Devenu instruit, le jeune Diderot méprisa ses parents et monta à Paris faire la noce au quartier Latin. Sa prodigieuse intelligence frappait vivement ses compagnes d'une nuit lorsqu'elles s'apercevaient, en lui faisant les poches au petit matin, qu'il avait eu soin de sortir sans son porte-monnaie.

Quand Diderot était encore un petit enfant, son père le laissa tomber sur la tête. C'est là le secret de sa prodigieuse intelligence.

Pour ne pas être reconnu, il écrit toute « l'Encyclopédie » de la main gauche

Un jour, au café Procope, Diderot buvait un demi bien frais en fumant un bon cigare, lorsqu'un individu au vaste front de penseur lui marcha sur le pied. Diderot reconnut Jean-Jacques Rousseau d'après la description que lui en avait faite sa concierge, fervente philosophe. Il lui dit avec respect : « Bonjour, Rousseau. Ça boume ? » et il pensa : « C'est là le début d'une grande et fructueuse amitié littéraire qui influera profondément sur l'évolution de la pensée française et même occidentale dans les siècles futurs. Instant lourd de message et de solennité. O temps, suspends ton vol ! » Voltaire – car c'était lui – ne lui coupa pas le nez avec ses dents comme il faisait d'habitude lorsqu'on le prenait pour Rousseau. Ce jour-là, il donnait le bras à Madame de Pompadour qu'il venait de s'envoyer vite fait dans l'arrière-salle sur un tonneau de choucroute et il avait tout d'abord pris Diderot pour Louis XV, lequel était fort jaloux, bien que voyeur.

Les deux grands hommes rirent de bon cœur de leur mutuelle méprise et ce fut là le début d'une grande et fructueuse amitié littéraire qui devait influer profondément sur l'ébénisterie française et même occidentale, moins profondément toutefois que ne l'avait cru Diderot. En effet, s'il existe bien un fauteuil dit « voltaire », il n'y a même pas un petit banc diderot.

Voltaire présenta Diderot à toute la clique : Montesquieu, d'Alembert, Rousseau, Fontenelle, d'Holbach, Grimm et le petit Larousse. Tout ce que le monde civilisé comptait de cerveaux était là. Ils passaient leurs journées au café, loin de leurs femmes. Ceux qui ne savaient pas jouer aux dominos s'ennuyaient un peu. Diderot eut une idée : « Si on faisait une encyclopédie ? » Les autres s'écrièrent : « Oh, oui ! Oh, oui ! » Ils furent très contents car ils avaient de quoi s'amuser pour des années, surtout s'ils faisaient une très grosse encyclopédie. Ils décidèrent d'appeler leur encyclopédie « l'Encyclopédie ».

Mais finalement, c'est Diderot qui eut tout le travail. Les autres en eurent vite assez de se fatiguer la tête et ils recommencèrent à se raconter des histoires belges, comme autrefois.

Ça ne les empêcha pas de se vanter partout d'être les Encyclopédistes et de porter des bérets de marins avec « encyclopédiste » écrit sur le ruban, ce qui leur valut beaucoup de succès auprès des dames quand elles eurent compris qu'« encyclopédiste » ne voulait pas dire la même chose que « pédéraste ».

Lorsque fut apporté au roi Louis XV le premier volume de l'Encyclopédie, il crut que c'était une caisse de harengs saurs et il dit : « Mettez ça à la cuisine. » Mais les jésuites, qui passent leur temps à se mêler de ce qui ne les regarde pas et sèment la zizanie dans les familles, lui dirent à l'oreille : « Sire, là-dedans c'est plein d'obscénités : système de Copernic, lois de Newton, cas d'égalité des triangles, my tailor is rich, pilule contraceptive, congés payés et jupes à mi-cuisse. Si on laisse faire, autant laisser le pape embrasser le grand rabbin. » Le roi répondit : « Après moi le déluge, mon gros père. » Et il culbuta la du Barry. Il fit quand même fourrer Diderot à la Bastille, pour le principe.

Le petit Larousse, ce rat, en profita pour voler l'idée de Diderot. Il publia son encyclopédie à lui, une grossière imitation au format de poche qu'il appela « Petit Larousse ». Il gagna beaucoup d'argent.

Ce ne fut pas la seule idée de Diderot à être pillée par d'éhontés plagiaires. Diderot précursa dans maints domaines. En fait, dans tous les domaines. La montgolfière, s'il y avait une justice, aurait dû s'appeler la diderotière. Les frères Montgolfier n'eurent que la peine de se servir. Ceci

Diderot accueillant avec émotion le payeur des allocations familiales, *par Greuze.*

est bien connu. Par contre, on ignore généralement que le mot « diderotières » eût dû également s'appliquer à ces édicules publics si utiles aux messieurs et qui rendirent indûment immortel le nom du marquis de Pissot, vulgaire imitateur.

Catherine II de Russie le prend sur ses genoux : il se sauve

En marge de l'Encyclopédie, ce travailleur insatiable cisela d'innombrables œuvres, souvent aimables, toujours nourrissantes.
Citons « Vingt Mille Lieues sous les mers », alerte pochade plus connue sous le titre « Le Neveu de Rameau », ce dernier titre ayant été imposé à Diderot par son éditeur comme plus commercial. Grâce au « Neveu de Rameau », l'éditeur fit faillite. Quant au titre « Vingt Mille Lieues sous les mers », un astucieux coquin devait s'en emparer un siècle plus tard pour l'accoler à un roman qui n'a que peu de points communs avec l'œuvre de Diderot.
La renommée de Diderot avait passé les frontières. Catherine II, tsarine de toutes les Russies, aimait à s'instruire. Elle envoya un cosaque porter ventre à terre au philosophe une invitation à la venir voir sans tarder. Huit jours plus tard, le cosaque jetait Diderot aux pieds de Catherine. Mais déjà la souveraine avait quitté son trône et tendait gracieusement sa blanche main à l'écrivain en une touchante allégorie du Pouvoir éclairé s'inclinant devant la Pensée.
« Toi grrand philosophe. Voltairre, tout petit philosophe. Moi crracher surr petits philosophes. Toi montrrer philosophie à moi. » Et elle commença à lui déboutonner la braguette.

Les relations de Diderot avec la grande Catherine furent brèves. L'impératrice étant tombée amoureuse d'un cheval de brasseur, le philosophe s'enfuit sans pantalon et rentra à Paris.
Mettant à profit sa récente expérience du monde slave, Diderot décida d'entreprendre son œuvre maîtresse : « Le Cuirassé Potemkine ». Et puis, ayant changé d'idée, il déchira la feuille de papier et écrivit « La Religieuse ». Nous touchons ici au sublime.
Avec « La Religieuse », Diderot se surpassa lui-même. Œuvre âpre et touffue, aux replis profonds que parcourt une langue agile et maniée de main de maître, œuvre qui nous laisse pantelants et nous arrache ce cri : « Ça, c'est tapé ! » En plus, ça excite le cerveau de ceux qui aiment à penser, chose que l'on chercherait en vain dans les « Histoires Lamentables » de Wolinski, qui se vendent pourtant beaucoup plus cher.
Mais Marie-Antoinette, qui était frivole et arrogante, voulut envoyer Diderot encore une fois à la Bastille. Alors, Diderot se dit : « Tant qu'il y aura des rois, ça sera censure et compagnie. Je vais faire la République, la liberté de la presse, et tout ça. Hop ! »
Il monta sur une chaise et appela les Parisiens aux armes pour aller prendre la Bastille. C'était encore un tout petit peu tôt : l'idée n'était pas mûre. Les Parisiens rigolèrent et les sbires embastillèrent Diderot. Il mourut peu après, le sourire aux lèvres. Ses dernières paroles furent prophétiques : « Je vois, dans deux siècles, l'arbitraire des gouvernements, la bêtise des militaires et la rouerie des prêtres enfin balayés de la surface de la Terre. Je vois l'Intelligence et la Bonne Volonté régissant souverainement un monde enfin sans guerres, sans frontières, sans riches, sans pauvres, où ruissellent l'Abondance et la Fraternité... »
On peut dire qu'il ne s'était pas trompé.

Madame de Pompadour se roulant une cigarette pour se donner une contenance tandis que Diderot, surpris en galante posture par l'arrivée inopinée de Louis XV, s'est caché sous sa jupe sans prendre garde qu'il est trahi par son chapeau de paille qui dépasse, *par Fragonard.*

Staline

Dans le ventre de sa mère, il refaisait déjà le monde

D'abord, Staline ne s'appelait pas Staline. Son véritable nom est absolument imprononçable et n'offre d'ailleurs aucun intérêt. Nous l'appellerons donc Staline, pour la commodité de ce récit, mais nous n'en penserons pas moins.
La maman du petit Staline n'avait pas été prise en traître. Quand l'ange Gabriel était entré dans son isba et lui avait dit : « Je te salue, petite colombe pleine de grâce. Tu es bénie entre toutes les femmes et le fruit de tes entrailles est béni », elle avait compris tout de suite que le ciel l'avait choisie pour de grandes choses et qu'il valait mieux ne pas parler du grand cosaque plein de vodka ni de la botte de paille au fond de la grange. Elle avait répondu : « Je suis la servante du Seigneur » et elle s'était dit que

Le petit Staline (**) souffrit beaucoup de n'être pas un enfant comme les autres. Son père (*) était Géorgien et petit. C'est pourquoi les autres pères lui crachaient sur la tête. L'enfant jura de se venger.

puisque le petit Jésus était déjà né, elle serait sûrement la mère de Michel Strogoff.
Elle claqua les talons et dit : « Pour le Tzar ! ». L'enfant qu'elle portait en son sein lui flanqua un coup de pied sur la vessie, là où ça fait très mal. Elle comprit qu'il serait un grand révolutionnaire.
La Révolution était inscrite en lettres de feu dans le destin du petit Staline. C'est lui, déjà, qui se trouvait dans la voiture d'enfant du « Cuirassé Potemkine », vous savez, celle qui descend toute seule le grand escalier jusqu'en bas, qu'on n'a jamais rien vu de plus beau et qu'on ne le verra plus jamais parce que c'est le sommet de l'art cinématographique et qu'après ça il n'y a plus qu'à tirer l'échelle.
A l'école, ses petits camarades se moquaient de lui parce qu'il était Géorgien. Les Géorgiens sont les Italiens des Russes. Les petits Russes lui criaient : « Staline ! Staline ! », ce qui veut dire « Sale Rital ! » en russe.
Le nom lui est resté. Ensuite, ils le frappaient, car ils étaient plus nombreux que lui. Montrant déjà une force de caractère étonnante pour son âge, il se contentait de les dénoncer à l'instituteur et il courait frapper un petit Juif.

Après chaque « purge », le cynique dictateur rouge s'appropriait le chapeau du vieux compagnon de lutte qu'il venait de faire assassiner.

Et c'est finalement lui qui s'amusait le mieux, car le petit Juif ne pouvait se venger sur personne : il n'y avait pas de nègres en Russie. Du moins à l'époque dont je vous parle.
Ils étaient toute une bande de mauvais élèves, au fond de la classe, qui ne pensaient qu'à mal faire. Il y avait le petit Lénine, le petit Trotski, le petit Khrouchtchev et le grand Duduche, celui qui a mal tourné. Le plus méchant de tous était Staline.
Les écoles russes, au temps du tzar, n'avaient pas de cabinets. C'est pourquoi on dit que la Russie tzariste était un pays arriéré. Lorsqu'un élève levait le doigt : « M'sieur, cabinets ! », le maître d'école l'envoyait pisser en Sibérie pour lui apprendre à prendre ses précautions avant.
La Sibérie est un endroit terrible. Bien peu en revenaient. Quand, par une chance inouïe, quelqu'un revenait de Sibérie, c'était une joie inimaginable. On lui donnait un bon grog, on lui ôtait le loup accroché à son fond de culotte, on arrachait les flèches dont il était hérissé et on le peignait en rouge. Et puis on faisait une fête à tout casser et tout le monde était saoul. Les autres jours aussi, d'ailleurs, mais cette fois-là, on savait pourquoi, et c'est drôlement meilleur, quoi, on n'est pas des bêtes.

Si bien que plus on envoyait de monde en Sibérie, plus le peuple était content, puisque ça multipliait les chances d'en voir revenir. Ce qui montre bien que les Russes ne sont pas aussi bêtes que les capitalistes voudraient nous le faire croire.
La première fois que Staline leva la main sur sa mère, cela fut pour la pauvre femme une amère désillusion. Les fois suivantes, elle était habituée. Mais elle finissait toujours par avouer où elle avait caché ses sous, et après tout c'est la seule chose qui compte.
Staline et ses copains se réunissaient dans un terrain vague où ils avaient construit une cabane avec des vieux machins. Ils s'appelaient fièrement entre eux les « Bolcheviks », mot russe qui veut dire « Club des Ran-tan-plan ». Ils s'amusaient bien. Ils accrochaient des casseroles à la queue des ours, coupaient les pattes aux chats pour les coller aux vipères, sodomisaient le tzarévitch quand sa gouvernante regardait de l'autre côté, fumaient en cachette des cornichons russes roulés dans du journal et livraient aux Tartares les courriers du tzar afin qu'ils leur brûlassent les yeux.

Il dit au tzar : « Je te crèverai le bide ! »

Le tzar était un tzar cruel et fourbe. On ne parlait jamais de lui dans « France-Dimanche », ou alors seulement avec horreur pour raconter comment il battait la tzarine parce qu'elle voulait refaire sa vie avec Charlie Chaplin qui était une grande vedette de l'écran. Le tzar avait une âme damnée qui s'appelait Raspoutine, ce qui veut dire « âme damnée » en russe. Ce Raspoutine était un être lubrique. Il passait son temps à regarder sous les jupes des plus grandes dames de la Cour et après il allait tout raconter à son maître. C'était tout le temps des orgies et des feux d'artifice, et pendant ce temps-là le peuple n'avait pas de pain. Staline décida de tuer Raspoutine. Mais Raspoutine se méfiait. Staline résolut d'utiliser le poison, arme subtile et discrète. S'étant déguisé en princesse de mœurs légères, il plongea soixante-douze fois la lame empoisonnée de son poignard dans le ventre du vieux saligaud pour bien faire pénétrer le poison, et puis il alla avec ses copains prendre le Kremlin.

Pour rencontrer Hitler, Staline s'était fait couper les moustaches.

Staline, de son balcon du Kremlin, dirigea personnellement la défense de Moscou.

Le tzar les vit venir. Il leur cria de sa fenêtre : « Venez-y donc ! » et il rentra vite la tête. Cela ne le sauva pas, car le bon droit n'était pas de son côté. Le mauvais tzar fut mis en prison et l'on distribua ses milliers de concubines au peuple qui crevait de faim. Staline et son copain Lénine prirent sa place, en se serrant un peu, et s'appelèrent désormais les Soviets, ce qui veut dire « les gars qu'ont pas eu la trouille de retrousser leurs manches et maintenant, ceux qui sont pas contents, c'est pareil ».

La Révolution était faite.

Mais le tzar, qui était orgueilleux et sans cœur, avait quand même eu le temps de déclarer la guerre aux Allemands. Les Allemands, mauvais joueurs, s'étaient mis à tuer tous les soldats russes qu'ils voyaient. Lorsque la Révolution eut pris le pouvoir, le nouveau règlement révolutionnaire de l'armée ordonna que la baïonnette devait être tenue entre les dents, pour bien montrer qu'on n'était plus des pauvres esclaves du capitalisme qui attachent leur baïonnette au bout du fusil. Seulement, lorsque les Russes montèrent à l'assaut en criant : « A l'assaut ! », les baïonnettes leur churent de la bouche et les Allemands gagnèrent la guerre.

Au fond – c'est triste à dire – les Russes étaient plutôt contents que la guerre fût finie, même s'ils avaient perdu. Car les Russes sont des lâches qui n'aiment pas recevoir des obus dans la figure. Si bien que nous nous retrouvâmes tout seuls, à Verdun, pour arrêter les hordes teutonnes. Mais ceci est une autre histoire...

Les Bolcheviks partagèrent la Russie entre tous les Russes, ce qui est contraire à la volonté de Dieu. Aussitôt, les curés russes jaillirent de leurs confessionnaux, un fusil à la main, en disant : « Jamais ! » Les seigneurs et les riches jaillirent aussi, et ce fut la guerre civile.

Staline et Lénine répondirent : « C'est ce qu'on va voir ! » Tous les riches et les curés et les seigneurs et les homosexuels qu'ils purent attraper, ils les envoyèrent en Sibérie. Mais, au lieu de les laisser tourner en rond et devenir encore plus enragés qu'avant, comme faisait le tzar, ils leur firent tirer un immense rouleau à pâtisserie depuis l'Oural jusqu'au Pacifique. C'est pourquoi la neige de Sibérie est bien plane et bonne pour le ski. Si l'U.R.S.S. est aujourd'hui le principal exportateur mondial de neige à ski, elle le doit au génie de Staline et de Lénine.

La Révolution a vaincu : Staline s'achète un vélo neuf

Staline et Lénine s'aimaient beaucoup. Un jour qu'ils se promenaient sur la place Rouge en devisant de choses et d'autres, Lénine demanda à Staline :

– Tiens ! Qu'est-ce que c'est que ce superbe monument ? Il n'était pas là, ce matin.

Staline répondit :

– Ça s'appelle un mausolée.

– Et ça sert à quoi ?

– Bof... Je ne sais pas trop.

Ils entrèrent dans le mausolée tout en bavardant. Staline donna un coup de coude à Lénine pour lui faire apprécier une histoire drôle géorgienne. Lénine perdit l'équilibre et tomba dans une grande cuve pleine de plastique fondu qui se trouvait là par le plus grand des hasards. Le plastique se solidifia instantanément. C'était du plastique transparent. Lénine s'y trouva enrobé comme un scarabée chatoyant. C'était si beau que les Russes commencèrent à faire la queue, dehors, pour voir le gars dans le mausolée. Staline distribua des tickets et mit sa vieille maman dans une baraque pour vendre des petits mausolées-souvenirs aux touristes.

Staline était désormais à l'abri du besoin. Il devint à son tour fourbe et cruel. C'est inévitable, avec ces Orientaux. Comme l'a dit notre grand Jules Verne : « L'âme slave, c'est une véritable ville flottante. »

Deux chemins s'ouvraient devant lui. Hélas, au lieu d'être un conducteur de peuples vers le bonheur par le travail, l'épargne et la politesse, Staline choisit d'être un sinistre dictateur rouge. Il devra en répondre devant l'Histoire.

Ses vieux camarades de combat tentèrent de l'arrêter sur la pente glissante du crime. Il les supprima l'un après l'autre avec des ricanements d'hyène. Il appelait cela, cyniquement, des « purges ». Pendant vingt-cinq ans, la Russie martyre retentit du bruit horrible des chasses d'eau.

Pour couronner cette carrière de stupre et de sang, le vieux gredin signa le pacte germano-soviétique, chef-d'œuvre de basse crapulerie par lequel il s'engageait à ne pas attaquer les Allemands si les Allemands n'attaquaient pas les Russes. Si bien que la France se retrouva, une fois de plus, obligée de se battre elle-même contre ses ennemis.

Les Nazis arrivent, il n'a presque pas peur

Cette lâcheté ne devait pas porter bonheur au potentat du Kremlin. Avec un long cri de haine, les hordes teutonnes se jetèrent bientôt sur la steppe russe. Bien caché au fond de son Kremlin, buvant de la vodka en caressant un danseur de l'Armée Rouge, Staline attendit tranquillement que le général Hiver se chargeât du travail. C'est toujours la même chose. Les Russes n'ont aucun mérite, leur pays se défend tout seul. Les Allemands furent fatigués avant d'avoir fait la moitié du chemin. Ils dirent : « Ça va comme ça » et ils s'en retournèrent à la maison en jouant « Lili Marlène » sur leurs harmonicas. Staline avait gagné la guerre. Ce qui montre qu'après tout il était plutôt moins bête qu'un tsar.

Staline coula une vieillesse paisible dans son Kremlin aux murailles garnies de têtes fraîchement coupées que l'on renouvelait chaque matin. Il aimait à se promener sur la place Rouge en devisant avec son disciple bien-aimé, Khrouchtchev. Khrouchtchev, en russe, signifie « disciple bien-aimé ». Un jour, Khrouchtchev lui donna un coup de coude pour attirer son attention sur une plaisanterie ukrainienne un peu cochonne. Staline tomba dans une cuve de plastique fondu qui se trouvait là par le plus grand des hasards. Khrouchtchev plaça sa vieille maman dans la baraque aux souvenirs et devint sinistre dictateur rouge. Afin de prouver qu'il était le plus fourbe et le plus cruel sinistre dictateur rouge de tous les temps, il fit jeter aux ordures le corps de son maître bien-aimé, Staline. C'est bien fait.

Mais déjà Brejnev arrivait, avec une histoire belge. Khrouchtchev n'avait jamais entendu d'histoire belge...

Lénine est mort. Staline s'incline sur la dépouille de son maître et ami. On remarquera qu'il ne pleure pas.

Lors des grands procès de Moscou, Staline faillit plus d'une fois être victime de son bon cœur. Heureusement, la sagesse finissait toujours par l'emporter.

Confucius

Confucius fut par excellence le Sage.

Sage à ce point-là, c'est difficile à imaginer. Avant Confucius, on n'avait même pas idée de ce que pouvait être un homme sage. Depuis, on sait, mais on n'a jamais pu en trouver un autre qui lui arrive seulement à la cheville, excepté, naturellement, le président Mao.

Jour et nuit, la sagesse coulait de la bouche de Confucius en d'immortelles sentences qui faisaient se convulser de bonheur les mortels assez heureux pour les entendre et qui, encore aujourd'hui, nous charment et nous transportent de la plus vive admiration quand nous les déchiffrons au bas des pages de l'agenda des Galeries Lafayette. On peut affirmer hautement que, sans Confucius, l'art raffiné des gaufrettes parlantes, si utiles pour dégeler l'ambiance au dessert du banquet des « Cœurs Solitaires », n'aurait pas dépassé l'ère des premiers vagissements.

Le mot « Confucius » est la transcription phonétique exacte du nom chinois Yoh-Deu-Poalh, telle que nous la transmit un missionnaire jésuite extrêmement érudit et extrêmement sourd. Ce nom signifie « Perle-de-Rosée-sur-les-Pétales-de-la-Fleur-du-Cerisier-à-peine-Éclose-avec-une-Libellule-qui-Volette-de-ci-de-là-et-quelques-Coccinelles-pour-faire-bon-Poids-soyons-pas-Chiens ». C'est un nom très courant en Chine.

On sait à vrai dire peu de chose de l'apparence physique de Confucius. On peut toutefois affirmer que son cerveau avait un volume sensiblement plus vaste que la moyenne, ainsi que le prouve le fragment de calotte crânienne récemment découvert dans la proche banlieue de Pékin, à moins qu'il ne s'agisse d'un abreuvoir pour les chevaux.

On est un peu mieux renseigné sur les circonstances de la naissance du grand philosophe. Confucius naquit d'une mère vierge, un soir d'hiver, dans une étable, procédé qui, soit dit en passant, devait par la suite être maintes fois plagié par des imitateurs sans vergogne, mais bon, passons, l'Histoire jugera.

Confucius, donc, naquit dans une étable de porcelaine fine à décor bleu, avec un toit relevé en corne aux quatre coins et des clochettes d'argent à chaque corne. Des signes miraculeux signalaient à quiconque avait des yeux pour voir qu'un être d'exception venait au jour. En effet, une toison noire et frisée recouvrait le bas du ventre du nouveau-né et un membre sexuel énorme, en perpétuelle érection, lui donnait l'air de jouer à cache-cache derrière un bec de gaz. C'est d'ailleurs pourquoi on eut tant de mal à l'extraire des viscères maternels : ce prodigieux organe s'était mis en travers. Ceci explique également pourquoi sa mère, au moment où les femmes ressentent ce qu'il est convenu d'appeler les premières douleurs, avait ressenti, elle, des plaisirs inouïs, au grand ébahissement de la sage-femme : c'est que son enfant la niquait de l'intérieur. Cela, même la fameuse vierge Marie, mère d'un de ces imitateurs étrangers qui devait naître bien des siècles plus tard, n'a pas été capable d'en faire autant. Et pourtant, qu'est-ce qu'elle se croit pas, celle-là !

Confucius naquit chez les Chinois. Je suppose qu'il savait ce qu'il faisait. Quand même, drôle d'idée. Je ne suis pas raciste, mais enfin, drôle d'idée, quoi. Il faut donc que je vous parle d'abord un peu des Chinois, sans quoi vous n'allez rien comprendre du tout. Bon, on y va.

Avant Confucius, les Chinois étaient tout jaunes. Après aussi. Alors, il a servi à quoi, Confucius ? Eh oui, voilà. Vous aussi, hein, ça vous a frappé ? Enfin, voyons la suite, on n'est pas au bout.

La Chine était un pays lointain, tellement lointain que personne n'en avait jamais entendu parler, et oriental, tellement oriental qu'à côté de la Chine les pays qui se croyaient orientaux et faisaient tant les fiers, comme par exemple les Turcs et les Alsace-Lorrains, n'étaient rien que des petits merdeux et des déguisés de Mardi gras.

La Chine était déjà extrêmement civilisée alors que nos propres ancêtres, les chimpanzés, en étaient encore à se demander s'ils allaient devenir gaulois, évolution progressive, ou redevenir escargots de Bourgogne, évolution régressive. Croisée des chemins. Ils se tâtaient. D'un côté, c'était l'aventure, l'incertitude, les espaces infinis, la Sécurité sociale, la paperasserie. De l'autre, la médiocrité paisible, le bonheur humble, les joies simples de la nature, l'environnement préservé... Laissons-les à leurs affres et revenons à nos Chinois.

« Les Chinois, dit le « Larousse du XXe siècle », ont le plus souvent des membres grêles, une face ronde, le nez large, aplati, et des pommettes saillantes (1) ». On peut dire qu'ils ne sont pas gâtés. Ajoutons que ces malheureux ont les yeux bridés, qu'ils sont impassibles, mystérieux, fourbes, cruels, qu'ils se nourrissent de chiens engraissés avec les bouts de gras qui tombent des condamnés au supplice des trente-six mille morceaux, qu'ils ont un système d'écriture tellement perfectionné qu'il faut soixante-cinq ans d'études assidues pour pouvoir déchiffrer « Lili a bu le lolo », qu'ils habitent des maisons de porcelaine translucide gracieusement décorée et cuite au four, un très grand four, lui-même en porcelaine, cuite dans un four encore plus grand, naturellement, lui-même cuit dans un four encore encore plus grand, et comme ça très loin, personne n'a

(1) Authentique. (Vous n'avez qu'à vérifier.)

Confucius étudiant les effets de l'alcoolisme sur son vieux père.

jamais pu aller au-delà du 32 878ᵉ four mais rien ne vous empêche d'essayer.
Les dignitaires chinois s'appellent des mandarins. Ils passent leur temps à se faire rafraîchir la figure au moyen d'un éventail artistique que manie une jeune fille extraordinairement belle, extraordinairement vierge et extraordinairement salope, étant salope et vierge ça la met dans un état je ne vous dis que ça, et cet état où elle est fait qu'elle agite l'éventail comme une qui a le feu quelque part, et c'est justement ça qu'il faut, c'est pour ça qu'on la nourrit, vous voyez comme c'est bien calculé, ah, ces Chinois, tout ce qu'on voudra, c'est tout l'Orient, toute la sagesse millénaire, mais attendez, vous n'avez encore rien vu, de l'autre côté du mandarin, du côté « yang », il y a une autre jeune fille, pas plus belle, ni plus vierge, ni plus salope, ça serait pas possible, mais autant, c'est-à-dire extraordinairement, et donc par conséquent dans le même état que l'autre, celle du côté « yin », mais celle-là c'est un chasse-mouches qu'elle agite, bien en cadence, juste quand l'autre relève son éventail elle glisse son chasse-mouches, flip flap, quelle précision quelle grâce quelles salopes, mon Dieu mais je bande, dit le mandarin, et crac, il s'envoie une des jeunes vierges, ou les deux à la fois si ça se trouve, et c'est un coït qui dure longtemps longtemps, des heures, des nuits, des mois, des années, les Chinois c'est comme ça, l'amour faut que ça dure, quand tu as lâché ta purée c'est fini, rideau, tristesse, qu'est-ce que je fous là, moi, dans ces grosses cuisses, avec tout ce gluant, et bon, les Chinois, ça se fait chatouiller suçoter titiller longtemps longtemps longtemps, quels cochons, ces Chinois, et plus ils sont mandarins plus ça dure longtemps, enfin, bon, il faut bien que ça finisse un jour, ne serait-ce que pour faire caca, et alors le mandarin fait jeter la jeune fille aux requins, elle n'est plus assez vierge pour l'éventail, en petits morceaux, il faut bien que le requin ait son plaisir aussi, tout petits, et vivante jusqu'au dernier morceau, sans ça le requin refuse la nourriture, et alors il dépérit, quel dommage, pauvre petite bête, et quand il est bien dodu bien gras, le requin, on lui coupe l'aileron avec les ciseaux à aileron qui ont de si longues branches, c'est délicieux, l'aileron de requin, le matin dans le café-crème, et alors le requin, privé d'aileron, ne peut plus se tenir droit dans l'eau, et il roule sur lui-même, c'est très amusant, quel éclat de rire, la Chine est un pays charmant.

Voilà le décor brossé. On peut y aller.

Dès sa plus tendre enfance, le petit Confucius se distingua à l'attention des amateurs friands des curiosités de la nature par la précocité, l'ampleur et la variété de ses dons. Son front immense, tellement immense que son visage paraissait tout petit là-dessous, un peu comme la queue d'une poire qu'on tiendrait la queue en bas, et bombé, tellement bombé que l'enfant était toujours à l'ombre, même par le plus ardent soleil, son regard terriblement lucide et pénétrant, surtout de l'œil gauche, ses oreilles petites mais musclées, tout cela révélait de prime abord à l'observateur sagace le penseur aux facultés très au-dessus de celles qu'on eût été en droit d'attendre d'un bambin au maillot, opinion que corroborait sa longue et soyeuse barbe blanche, très soignée je dois dire.

Naturellement, ses petits camarades, êtres grossiers, sentaient d'instinct sa supériorité et en prenaient ombrage. Trop frustes pour s'élever jusqu'aux sublimes régions où son jeune génie les conviait à le suivre, ils le proclamaient sournois, sentencieux et chiant, et lui foutaient des raclées. Il y survécut, heureusement pour l'humanité. O combien de Confucius, combien de Mozart, foulés aux pieds par la racaille stupide, ne purent s'épanouir et nous transmettre leur lumineux message ? Pleurons.

Confucius procédant à des expériences de résistance des matériaux pour son invention majeure : la natte des Chinois. (N'ayant pas le droit d'expérimenter sur des êtres humains avant que son invention ne soit tout à fait au point, le grand savant utilisait des femmes.)

C'est qu'aussi le petit Confucius ne faisait rien comme tout le monde. Partait-il avec une joyeuse bande dénicher les hirondelles, il mangeait le nid et jetait les œufs. Les autres se moquaient de lui, mais lui, sous les sarcasmes, leur expliquait que le nid était infiniment plus savoureux. Les galopins manquaient en crever de rire et jetaient Confucius dans la fosse à purin afin de terminer en beauté cette bonne journée au grand air. Plus tard, la Chine devait rendre un éclatant hommage à la sagacité de Confucius : les nids d'hirondelles furent élevés au rang de plat national chinois dans tous les restaurants où l'on fait bouffer n'importe quelle saleté aux Occidentaux pourvu que ce soit exotique, folklorique et très cher. Je voudrais que vous voyiez les cuisiniers chinois se taper sur les cuisses dans leurs cuisines en riant de leur démoniaque rire chinois...

Passons rapidement sur l'enfance studieuse et l'adolescence boutonneuse pour aborder enfin l'âge viril, l'épanouissement magnifique du génie dans son imposante majesté. Confucius, à l'âge où d'autres ne se soucient que de trouver un orifice adéquat pour y introduire leur appendice fornicatoire afin de, imprimant à cet organe un mouvement rythmé de va-et-vient, en tirer des sensations vives, certes, mais fugaces, était occupé, lui, à atteindre le noble idéal que, dès le berceau, il s'était fixé : la Sagesse. Il consacrait tous ses instants à cette tâche immense et exaltante sans pour autant se désintéresser des histoires d'orifices adéquats, car il était vraiment très doué et même, quand il était de bonne humeur, il faisait tout ça sur un pied en se roulant une cigarette d'une seule main.

La vie de Confucius fut tout entière tendue vers cette ardente quête de la Sagesse suprême. On ne saurait mieux faire comprendre la sublime élévation de la philosophie confucéenne qu'en la montrant en action. Voyons cela.

Confucius lutta avec acharnement pendant une grande partie de sa vie contre la coutume stupide et barbare qu'avaient les Chinois d'emprisonner les pieds de leurs fillettes dans des bandelettes de toile excessivement serrées afin que ces pieds demeurassent minuscules et gracieux. Il finit par avoir gain de cause et, désormais, les pieds des petites Chinoises purent s'épanouir librement. Les Chinoises eurent des pieds longs de quatre-vingts centimètres et larges de trente. Les garçons ne les culbutèrent plus dans les pavots en fleur, pas tellement parce qu'elles étaient moins attirantes, mais surtout parce qu'il était impossible de les culbuter avec de pareilles bases. On comprit alors pourquoi les Ancêtres avaient établi la coutume des pieds bandés. Confucius médita et le résultat de sa méditation fut que ce que les Ancêtres faisaient était bien fait.

Rendu prudent par cette aventure, Confucius préféra renoncer à lutter contre la coutume stupide et barbare qu'avaient les Chinois de tirer en arrière la peau des yeux des bébés au moyen d'épingles afin qu'ils eussent les yeux bridés.

C'est Confucius qui enseigna à ses compatriotes l'art difficile mais éminemment utile d'utiliser des baguettes pour manger. Auparavant, les Chinois mangeaient la soupe à l'aide d'une cuillère, comme des sauvages.

C'est encore à Confucius que les Chinois sont redevables de la natte qui fit tant pour la célébrité de cette intéressante peuplade. Voici comment l'idée en vint au Sage des Sages. En ce temps-là, les Chinois faisaient beaucoup l'amour. Ils le faisaient là où ça les prenait, en particulier dans la rue, comme des chiens. Et restaient collés, comme des chiens. En effet, – ceci est de la science – les Chinois présentent cette fascinante particularité d'avoir le membre viril en forme de champignon, comme les chiens, ce qui fait qu'une fois accouplés ils ne peuvent plus se décoller sans l'aide d'une intervention extérieure (vous voyez, le racisme, c'est pas cent pour cent billevesées et calomnies. Il n'y a pas de fumée sans feu). Confucius, ayant médité sur ce problème, inventa de leur laisser pousser les cheveux et de les tresser en une natte longue et solide afin que les passants charitables pussent venir en aide aux couples embarrassés en tirant sur leurs nattes, chacun de son côté.

Mais les gens ne sont jamais contents. Vous leur donnez ça, ils veulent ça et ça. A peine les Chinois jouirent-ils des avantages de la natte dans le dos qu'ils vinrent pleurer sous la fenêtre de Confucius pour qu'il inventât le miroir à trois faces afin de pouvoir tresser sa natte soi-même sans aller bêtement donner ses sous au coiffeur. Le Sage s'exécuta de bonne grâce, mais peut-être ce temps perdu l'empêcha-t-il d'inventer la bicyclette, qui aurait pourtant rendu bien des services aussi.

Mais la quintessence de la pensée de Confucius est tout entière dans ces célèbres maximes morales dont la spiritualité, encore aujourd'hui, nous transporte d'une extase ineffable et nous fait, yeux éblouis et langue pendante, nous balancer d'avant en arrière jusqu'à l'heure de notre piqûre.

Combien d'âmes en détresse ont été consolées, combien de situations difficiles dénouées par l'évocation au moment crucial de la maxime de Confucius qui convenait ? « Tant va la cruche à l'eau qu'à la fin elle se casse ». « A bon chat, bon rat ». « Tel père, tel fils »... Arrêtons-nous. Combien d'orateurs ont-elles aidés, qui, sans elles, auraient parlé pour ne rien dire ?

Il y avait en Chine un dragon, monstre épouvantable qui terrorisait l'empire, exigeant que, chaque année, au premier de l'an, une jeune fille vierge lui apportât dans un petit panier douze kilos de saucisses de chien aux fines herbes. La jeune fille vierge était pour le dessert. Confucius décida de vaincre le monstre par sa seule sagesse. S'étant fait porter en palanquin jusqu'aux abords de l'antre empesté, il appela par trois fois le dragon, qui parut, crachant des flammes multicolores. Le dragon dit au Sage :
– Appuie-moi sur le ventre, je ferai sortir la fumée par mes yeux.

Confucius entra en méditation, comme chaque fois avant d'agir. Le dragon s'impatientait, car il ne connaissait que ce truc et, si ça ne marchait pas, il ne savait pas quoi faire. Jusque-là, ça avait toujours marché.

Enfin, Confucius dit :
– Le fond de l'air est frais.

Personne n'avait jamais dit ça au dragon. Il tomba à genoux et dit : « Tu as vaincu, ô Sage ». Et il commença à se dévorer lui-même en commençant par la queue, si bien que Confucius n'eut rien à rapporter à l'empereur comme preuve de cette histoire, et il nous faut bien le croire sur parole.

Cette anecdote ravissante fut depuis bassement plagiée par les Grecs qui remplacèrent le dragon par un sphinx, Confucius par je ne sais quelle pâle pédale et les mots sublimes par des facéties de garçon coiffeur. Les Grecs, c'est rien que des voleurs, en plus d'être grecs.

Confucius découvrit le fameux Principe de Confucius : « Tout corps plongé dans un liquide... » que je ne vous ferai pas l'injure de vous citer, et aussi la table de Confucius, le postulat de Confucius sur les parallèles... J'abrège. Pour se reposer, il ciselait les adorables fables de Confucius où il mettait en scène le Corbeau et le Renard, la Tortue et la Tondeuse à Gazon, cent autres créatures charmantes des prés et des bois...

On sait peu de chose sur sa vie familiale, sinon qu'il avait coutume de jeter ses enfants aux crocodiles car leur innocent babil troublait sa méditation.

Confucius vécut assez longtemps pour être une charge et un objet de répulsion pour ceux qui l'entouraient, et puis il mourut comme nous mourrons tous : étouffé par une pantoufle de feutre qui se trouvait, on ne sait par quel hasard, dans la cuillerée de bouillie de farine lactée sucrée que sa jeune concubine et unique héritière lui faisait pieusement manger à la cuillère.

Ceux qui, bouleversés par l'émotion, recueillirent son dernier soupir, constatèrent qu'exactement en même temps il lâcha son dernier pet, qui fut fort gros. C'est pourquoi ils s'écrièrent : « Nous avons perdu une sainte. » Je ne le leur fais pas dire.

Conclusion :
Sage comme il l'était, et instruit, en plus, Confucius aurait pu être le guide lumineux du peuple chinois vers le communisme. Mais il préféra le chemin semé de roses des vipères lubriques et il fit cyniquement le jeu des exploiteurs impérialistes et des renégats révisionnistes. A cause de lui, il fallut attendre plus de 2 500 ans la venue du président Mao. (Qu'il vive dix mille fois dix mille années fleuries !) C'est pourquoi nous devons cracher à la face de Confucius. Si c'est à ça que ça mène, la Sagesse, j'aime autant être un tout petit peu bête et avoir la santé.

Confucius inventant l'analyse d'urines.

TU DEVRAIS QUAND MÊME TE DÉCIDER A RÉPARER L'AP-PUI DE LA FENÊTRE
1848

L'HISTOIRE

Fournier

L'abdication du Tsar
Document de l'époque

La Révolution d'octobre

Pour avoir le droit de parler de la Révolution d'Octobre, il ne suffit pas d'avoir vu une grande-duchesse russe vendre des gaufres au coin de la rue Lepic en écrasant des larmes de honte. Il faut encore avoir vu le maréchal Staline cracher dans le gaufrier en ricanant, le sale.
Depuis cinquante ans, des tas de gens ont écrit des tas de bêtises sur ce sujet grandiose sans avoir d'autre ligne directrice que le souci de nourrir leur famille. Moi, ma famille, elle peut toujours crever. Je suis donc le premier à présenter toutes garanties de sérieux et d'objectivité.
Toute ressemblance entre les personnages évoqués dans ce récit et des personnages réels serait imputable à la pure méchanceté.

Tsar, moujiks, sbires, Sibérie.

Avant la Révolution, il y avait le Tsar. Le Tsar, pour vous faire une idée, c'était un peu comme la Reine d'Angleterre, mais avec une barbiche et sans Philip.
Dans ce temps-là, les Russes ne s'appelaient pas des Russes. Ils s'appelaient des moujiks. Ils avaient de grandes barbes sales, ils étaient toujours saouls et ils dansaient accroupis sur la table. Le Tsar voulait que tous les moujiks fussent heureux. Et ça tombait bien, parce que justement les moujiks voulaient être heureux. Ils auraient bien voulu aussi du pain, et aussi de la pommade pour les engelures aux pieds, parce qu'ils n'avaient pas de chaussures et qu'en Russie les chemins sont goudronnés avec de la neige russe, qui est beaucoup plus froide que la neige de par ici. Enfin, on ne peut pas tout avoir. Grâce au Tsar, ils étaient

Présentation de Raspoutine à la Cour. (Gravure populaire russe.)

heureux, c'était déjà bien beau, tout le monde ne peut pas en dire autant.
Pour bien expliquer aux moujiks combien il voulait qu'ils fussent heureux, le Tsar avait des sbires. Un sbire par moujik. Si un moujik n'avait pas l'air assez heureux, c'était un mauvais moujik. Il faisait beaucoup de peine à son Tsar. Le Tsar l'envoyait en Sibérie, qui est une espèce de Côte d'Azur russe, et le moujik était tellement heureux qu'il n'en revenait jamais.
Le Tsar était un grand ami de la France. La France était une grande ennemie de l'Allemagne. Le Tsar tirait la langue à l'Allemagne par-dessus la frontière pour faire plaisir à la France, et la France envoyait au Tsar les économies des petits épargnants français afin qu'il pût payer à ses sbires des petits pains chauds, des bottes fourrées et de gros revolvers noirs.
Pourtant les Français étaient très fiers de n'avoir pas de Tsar chez eux et d'avoir donné la Liberté au monde. Mais ils détestaient tellement l'Allemagne qui leur avait fauché l'Alsace-Lorraine pendant qu'ils avaient le dos tourné ! Les Français se disaient : « Les moujiks vont flanquer la tripotée aux Allemands. Pendant ce temps-là, nous, on leur refauche l'Alsace-Lorraine ni vu ni connu, avec peut-être bien un petit morceau en plus. »
Ceux qui osaient dire que mieux valait laisser l'Alsace-Lorraine aux Allemands et même leur donner la tour Eiffel en prime plutôt que de faire massacrer le monde étaient traités de sales Juifs et de couilles molles et on leur arrachait tous leurs boutons, ce qui est très humiliant.

Caviar, icônes, cosaques, Raspoutine.

Tout le monde était donc extrêmement heureux en Russie sous le Tsar, et si vous ne me croyez pas vous n'avez qu'à demander aux émigrés russes blancs. Cela aurait pu durer toujours, mais voilà : les moujiks voulurent faire de la politique. Ça, c'est très mauvais pour un peuple. Le Tsar se tordit les mains de désespoir et dit mes petites colombes ne faites pas de politique, ne faites pas ça je vous en supplie, labourez vos champs et semez, le caviar n'attend pas. Et il leur fit distribuer des icônes bénites. Les moujiks dirent : « Petit père, on veut du pain. » Le Tsar se tordit encore les mains et dit mon dieu, mon dieu, quelle mouche a piqué ce peuple, ô politique impie ! Allons, mes cosaques fidèles, nettoyez-moi ça et que ça saute, oignez moujik il vous poindrik. Dieu m'est témoin que je n'ai pas voulu cela.
Les cosaques nettoyèrent et, comme il y avait un escalier, cela fit un très beau film qu'on appela, allez savoir pourquoi, le « Cuirassé Potemkine ».
Ceci se passait en 1905. Le Tsar avait eu raison de se montrer ferme. L'incident n'eut pas de suite et le peuple se remit à être heureux.
Il y avait à cette époque en Russie un saint ermite nommé Raspoutine qui faisait des miracles et qui était lubrique. Un soir, en rentrant de la pêche, le Tsar trouva Raspoutine dans son fauteuil à bascule préféré avec la Tsarine sur les genoux. Le Tsar dit : « Bonjour, saint. » Raspoutine remit son pantalon et dit : « Bonjour, petit. » Ils devinrent amis et ne se quittèrent plus.
Le Tsarévitch – ça veut dire « fils du Tsar » – avait une maladie. Il n'arrêtait pas de saigner du nez. Aucun médecin n'avait pu le guérir et tous avaient été empalés. Raspoutine prit une pince à linge et en pinça le nez du Tsarévitch, qui ne saigna plus. Ou alors, il saigna en dedans, ce qui est tout de même plus propre.

Guerre, yeux noirs, obus, Kerensky.

Là-dessus, voilà qu'on commence à parler de la guerre. Le Tsar n'avait pas tellement envie d'y aller, car il venait tout juste d'en perdre une contre les Japonais, qui s'appelaient en ce temps-là le Péril Jaune. Mais quand il sut qu'il s'agissait de la Première Guerre mondiale, il n'eût pas voulu manquer ça pour un empire, et en effet.
Les moujiks attachèrent des chiffons autour de leurs pieds avec des ficelles, et les voilà devenus soldats. Ils baisèrent les icônes et coururent prendre Berlin en chantant « Les Yeux noirs » à quatre voix et en jouant de l'accordéon. Mais les Allemands étaient des fourbes : ils avaient des bottes à clous et des casques à pointe. Ce fut une effroyable hécatombe. Les moujiks avaient beau chanter, ça ne les empêchait pas d'entendre les obus cogner dans la figure des copains avec un vilain bruit mou. Ils dirent ça va comme ça, les Français n'ont qu'à reprendre leur Alsace-Lorraine tout seuls, et ils rentrèrent à la maison en jouant de l'accordéon percé et en chantant à quatre voix « l'Internationale ».
Le Tsar demanda à Raspoutine s'il fallait arrêter la guerre. Raspoutine – qui était en réalité un petit épargnant français ayant placé ses économies dans les fonds russes et employé par Clemenceau comme agent secret – retira ses mains de sous les jupes des grandes-duchesses Irma et Soraya (Il y avait en réalité trois grandes-duchesses, mais Raspoutine n'avait que deux mains.) et il dit en dressant ses bras velus : « Guerrrre continuer. Dieu donner victoirrrre. » Et il se mit à engueuler Dieu qui, c'est vrai, se laissait un peu aller. Puis Raspoutine rasa sa barbe et s'enfuit par une porte secrète jusqu'en Amérique où il devint célèbre sous le nom de Rudolf Valentino. Ceux qui vous raconteront qu'il est mort assassiné par des blousons dorés russes sont des menteurs qui voudraient laisser croire que ce serait eux-mêmes qui auraient fait le coup. Voilà la vérité.
Le Tsar, dans sa bonté, avait permis que les bourgeois s'enrichissent en faisant suer le moujik pour fabriquer des

canons. Il en fut bien mal récompensé. Quand les bourgeois virent que le Tsar était dans les ennuis, ils en profitèrent pour faire la révolution (sans majuscule). Le Tsar, crânement, dit puisque c'est comme ça, moi j'abdique, et paf. Et il retourna à la pêche, eux bien embêtés. Qu'il croyait.
Or, pas du tout. Les bourgeois proclamèrent la république (sans majuscule) et mirent le Tsar en prison. Remarquez, eux, ils croyaient que c'était la République avec une majuscule qu'ils venaient de faire. Mais n'anticipons pas...
Une fois au pouvoir, les bourgeois s'embourgeoisèrent. C'est toujours la même chanson. Ils avaient élu l'un d'entre eux comme président parce qu'il s'appelait Kerensky et que c'était bien commode car justement Kerensky, en russe, ça veut dire président. Je veux dire maintenant, parce que autrefois Kerensky ça voulait dire Kerensky, mais, pour que ça veuille dire président, Kerensky décréta que ça voudrait dire président à partir de ce moment-là. Ce qui était bien commode, comme je vous disais.
Kerensky avait mis le Tsar en prison, et il s'était assis sur son trône, celui des dimanches, et il fumait ses cigares, les gros. Pendant ce temps-là, le peuple pouvait bien crever. Il ne s'en priva pas.

Kerensky mangeant du caviar. (Gravure populaire.)

Lénine, Bolcheviks, octobre, chaussures.

A partir de là, attention, ça va devenir plus compliqué.
Il y avait en Russie un certain Lénine, fils d'un nommé K. Marx et de Fr. (probablement « Fraülein ») Engels. Lénine avait une grande idée : faire la Révolution. Il n'était pas le seul, mais lui avait du génie, et il ne fumait que la pipe. En attendant, il vivotait, avec quelques amis, d'attaques de banques et de fourgons postaux.
Comme je vous l'ai dit, les bourgeois ne pensaient qu'à faire du marché noir en fumant des cigarettes à bout doré. Le peuple se battait pour les mégots. Lénine monta sur un petit banc et il dit au peuple : « Peuple ! » Le peuple aimait bien les discours, surtout pendant les heures de travail. Lénine dit : « N'as-tu pas honte de ramasser les mégots dans la boue ? Suis-moi, je sais où il y a des mégots propres, dans des cendriers. » Le peuple dit : « Des gros ? » Lénine dit : « Des très gros. » Le peuple cria hourra et surnomma Lénine et ses copains les Bolcheviks, ce qui veut dire « le Parti des Gros Mégots ». Et il prit le Kremlin, et il tua tout le monde, et voilà, la Révolution était faite. Avec une majuscule, cette fois, s'il vous plaît.

Tsar mangeant du caviar. (Gravure populaire.)

Kerensky se sauva en caleçon, déguisé en fuyard. Lénine et ses copains firent venir le photographe et ils se firent photographier en groupe, en train de boire de l'eau Perrier, mais sans ballon de football. Un petit type binoclard qui essayait de se faufiler en douce sur la photo – un nommé Trotski – fut chassé à coups de pied.
Ceci se passait en novembre 1917. Je vous vois venir, avec votre air prétentieux. « Pourquoi, alors, dites-vous, pourquoi nous annoncez-vous en grosses lettres dans le titre une soi-disant Révolution de soi-disant Octobre ? Hein ? Hein ? » Vous vous croyez très malin. Vous allez regretter d'avoir parlé si vite, moi je vous le dis. Mais je ne sais pas si vous pourrez tout comprendre. Enfin, voilà :
Sous le Tsar, la Russie n'avait pas le même calendrier que le reste du monde. Ce qui montre bien que le Tsar, c'est très gentil, mais ça vous fait montrer du doigt par les étrangers. Les jours russes étaient plus longs que les jours chrétiens, ou bien le contraire, j'ai un peu oublié, enfin, bref, la Russie faisait le tour du Soleil dans le sens inverse des aiguilles d'une montre, et ça, les Anglais n'ont pas du tout aimé. Parce que – vous savez comment ils sont – les Anglais avaient toujours cru que c'étaient eux, les Anglais, qui n'avaient pas adopté le système métrique, pas les Russes. Bon, ne rallumons pas les vieilles querelles, surtout maintenant que les Russes ont adopté le calendrier centigrade. Retenez seulement ceci : les mois russes n'étaient jamais en retard pour la soupe, surtout vers l'époque des étrennes. Si bien que novembre, c'était octobre. Ou l'inverse, ça dépend par quel bout on arrive.
Après Octobre commencèrent les lendemains qui chantent. Et la Russie devint Uhèrèssèse et les moujiks devinrent des camarades. Un moujik, c'est barbu. Un camarade,

non. On rasa les moujiks. Souvent, sous la barbe, les camarades coiffeurs de choc trouvaient un nouveau camarade bien content de voir enfin clair et souvent ils trouvaient une surprise, un chien, ou un phoque à poils longs, ou un hérisson. Les plus étonnés, c'étaient sa femme et son chef de cellule, celui qui l'avait chaudement recommandé à l'échelon supérieur.
Lénine était un génie, tout le monde est d'accord là-dessus, surtout depuis qu'il est mort. Le peuple russe n'avait pas de chaussures. Lénine eut une idée. Il dit : « Fabriquons des chaussures. » Le peuple eut des chaussures. C'est même devenu l'unité monétaire officielle de la Russie soviétique. Dans les interviews de « Paris-Match » ou de l'O.R.T.F., on demande toujours à un Soviétique : « Combien de mois de salaire faut-il pour une paire de chaussures ? », « Combien de paires de chaussures pour une machine à coudre ? », « Combien de paires de chaussures pour un yacht ? », etc. « Le Monde » publie une cote quotidienne du cours de la paire de chaussures, ce qui est bien utile quand on veut se tenir au courant des choses du vaste monde.
Lénine n'eut qu'un tort, c'est de mourir. Après lui, il y eut Staline. Mais celui-là, alors, quel mauvais caractère ! Je ne vous raconterai pas sa vie, cela sortirait du cadre du sujet, et d'ailleurs je l'ai déjà fait. Je vous renvoie donc à l'admirable « VIE DE STALINE, mauvaise tête mais bon cœur », que vous trouverez dans le présent ouvrage, ici ou là.

Lénine distribuant sa part de caviar au peuple. (Gravure populaire.)

La vérité sur l'Armistice

11 Novembre 1918. Depuis quatre ans, la Grande Guerre fait rage. Tout à coup, on voit surgir d'une tranchée de première ligne le pur profil de Dalida, un drapeau tricolore à la main. Elle chante « Le Jour le plus long ». C'est le signal convenu pour le cessez-le-feu.

Aussitôt, dans un enthousiasme indescriptible, les combattants des deux camps se ruent vers notre grande cantatrice nationale. On n'entend qu'un cri : « Autographe ! » « Ottograf ! » Les interprètes traduisent. La grande artiste appose à tour de bras sa signature sur les moignons, les cicatrices et les jambes de bois. L'enthousiasme monte encore. Les poilus et les

Boches déchirent les vêtements de Dalida pour en faire des souvenirs, puis Dalida elle-même. Le dernier morceau fraternellement partagé, ils ne savent plus quoi se dire et s'aperçoivent alors qu'ils ont été possédés : ils ne se rappellent plus pourquoi ils se battent. Il ne leur reste qu'à rentrer chez leurs femmes et à reprendre le travail. Une des plus belles pages d'épopée jamais écrites par l'homme venait de s'achever.
Comment cela était-il possible ? Pourquoi une guerre si bien commencée se voyait-elle fauchée à la fleur de l'âge ? Nous livrons au public des documents authentiques qui éclairent d'un jour nouveau cet épisode de notre histoire.

Depuis plus de quatre ans, personne ne gagnait, personne ne perdait. Les généraux auraient bien voulu savoir s'ils étaient vainqueurs ou vaincus. On décida donc un cessez-le-feu provisoire pour en discuter.
Portés par la brise matinale, les plénipotentiaires allemands arrivent au rendez-vous en même temps qu'une épaisse nappe d'ex-gaz de combat que le cessez-le-feu a rendus inoffensifs. La nouvelle les a surpris dans leur bain.

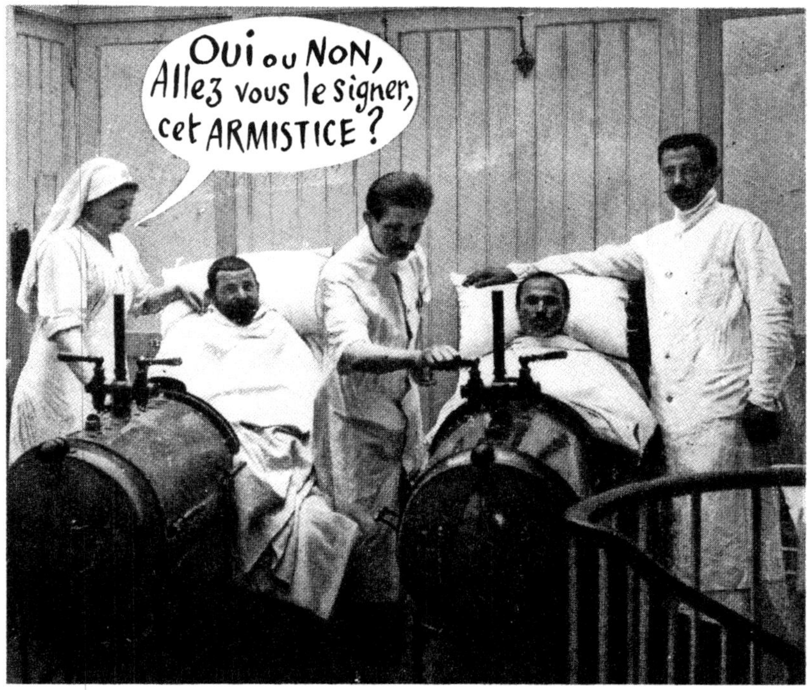

La délégation allemande propose de jouer la victoire à pile ou face. Les Alliés préfèrent la roulette russe, avec faculté de se faire remplacer par son ordonnance. Les Allemands, venus sans ordonnances, émettent quelques objections. C'est alors que Foch leur dit : « C'est à prendre ou à laisser. » Les Allemands comprennent qu'ils sont tombés dans un piège. Ils se renferment dans un silence hautain. L'État-Major français met en œuvre l'action psychologique.
On finit par trouver un compromis : chacun rentrera chez soi en vainqueur et défilera sous son propre Arc de Triomphe.

Cependant, les troupes se préparent pour l'assaut. A la demande des soldats, il a lieu chaque jour avant la soupe, car l'exercice et le bon air leur ouvrent l'appétit et aussi pour que les survivants aient des portions plus grosses. Remarquez sur notre document le dispositif spécial destiné à empêcher nos braves poilus de boire du rhum avant l'attaque. Santé, sobriété !

Ça y est ! L'armistice est signé. Des estafettes portent la nouvelle au cœur même des combats. En bien des endroits, il faut arracher de force nos soldats à ce travail qu'ils ont appris à aimer. Beaucoup parlent de couper les choses aux feignants qui leur retirent le pain de la bouche.

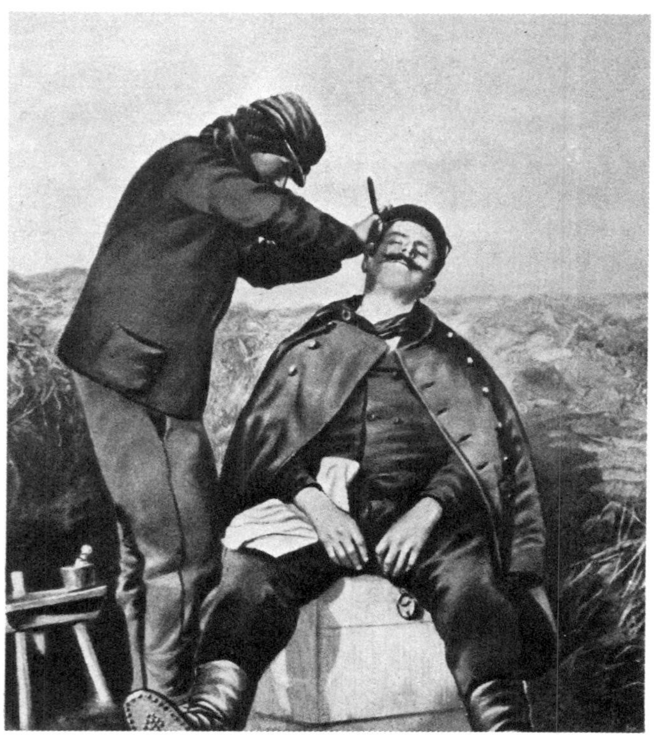

Il faut souvent leur arracher l'outil des mains. Les coupeurs d'oreilles profitent des dernières secondes.

L'un dans l'autre, ce fut quand même une belle guerre. Pour dénombrer les morts, on compta les chaussures ramassées sur le champ de bataille et l'on divisa par deux. Le cadavre d'un type qui était sorti pieds nus fut proclamé Soldat Inconnu.
La Grande Guerre était morte, pleurée par tous les braves gens. Heureusement, la promesse d'un avenir radieux germait déjà dans la giberne d'un démobilisé plein d'ardeur : Adolf Hitler.

faites vos **yaourts** vous-même

avec

le merveilleux appareil

YALACTA

LES SCIENCES
- ET -
TECHNIQUES

L'homme

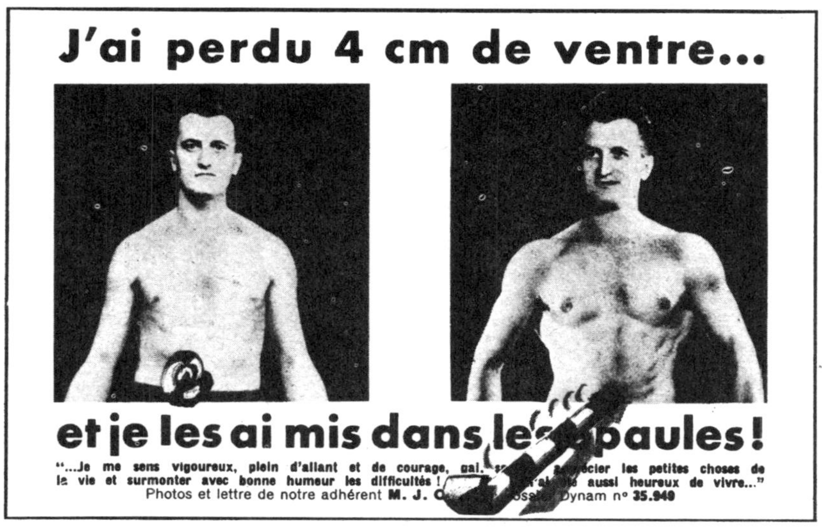

Temps 1 Temps 2

L'HOMME EST CREUX

Démonstration par le Pr Mirliton, de l'Académie des Sciences

 L'Homme est indéfiniment extensible dans l'espace.

1. Généralités

L'Homme est un mammifère vertical, omnivore, vivipare, et creux.

D'autres mammifères sont vivipares, omnivores et même verticaux. Seul, l'Homme est creux.
C'est parce qu'il est creux que l'Homme est supérieur à tous les autres êtres vivants. Les travaux du père Teilhard de Chardin ont irréfutablement démontré que seule une forme creuse de vie était susceptible d'accéder à la conscience et au progrès. Les animaux, étant pleins, n'ont pas d'âme, faute de place. C'est bien fait.

Travaux pratiques

Preuves expérimentales du creux de l'Homme. L'élève se procurera un homme en bon état.

Expérience n° 1

– Percer un trou à l'endroit du nombril. Y adapter un sifflet. Le vide intérieur, en s'échappant, produit un son mélodieux.

Expérience n° 2

– Adapter au même trou un de ces accessoires de cotillon dit « mirliton à trompe ». Le mirliton se déroule aussitôt.

Expérience n° 3

– Plonger un Homme dans l'eau : il fait des bulles. Il est donc bien creux.

Expérience n° 4

– Retourner un Homme comme une chaussette. Bien examiner l'ex-intérieur, devenu l'extérieur. Que remarquez-vous ? Il est exactement semblable, mais il est devenu gaucher. Application pratique : lorsque notre extérieur commence à s'user, nous nous faisons retourner. Un Homme retourné est un Homme neuf. Tous les gauchers sont des vieillards retournés. S'ils sont coquets, ils se font couper les bras pour que ça ne se voie pas. Jeunes filles, méfiez-vous des jeunes gens manchots : ce sont de vieux cochons retournés.

Expérience n° 5

– Videz parfaitement un Homme. Marche à suivre : payez-lui un verre. Pendant qu'il raconte sa vie, commencez par vider discrètement une manche et, par le même chemin, attirez peu à peu tout le reste. Quand son costume est vide, mettez son chapeau par-dessus et prenez congé. Si le travail est bien fait, il ne s'aperçoit de rien. Il continue à aller, venir, voter, etc.

– Expérience inverse : coulez du plâtre dans un Homme. Laissez prendre. Ouvrez-le en deux. Vous avez un beau moulage sur lequel vous pourrez en couler d'autres. Ça vous fera des voix pour vous faire élire président.

C'est sur la petite bonne de leurs parents que les frères Montgolfier tentèrent les premières expériences qui devaient les amener à la triomphale démonstration que l'Homme est plus léger que l'air.

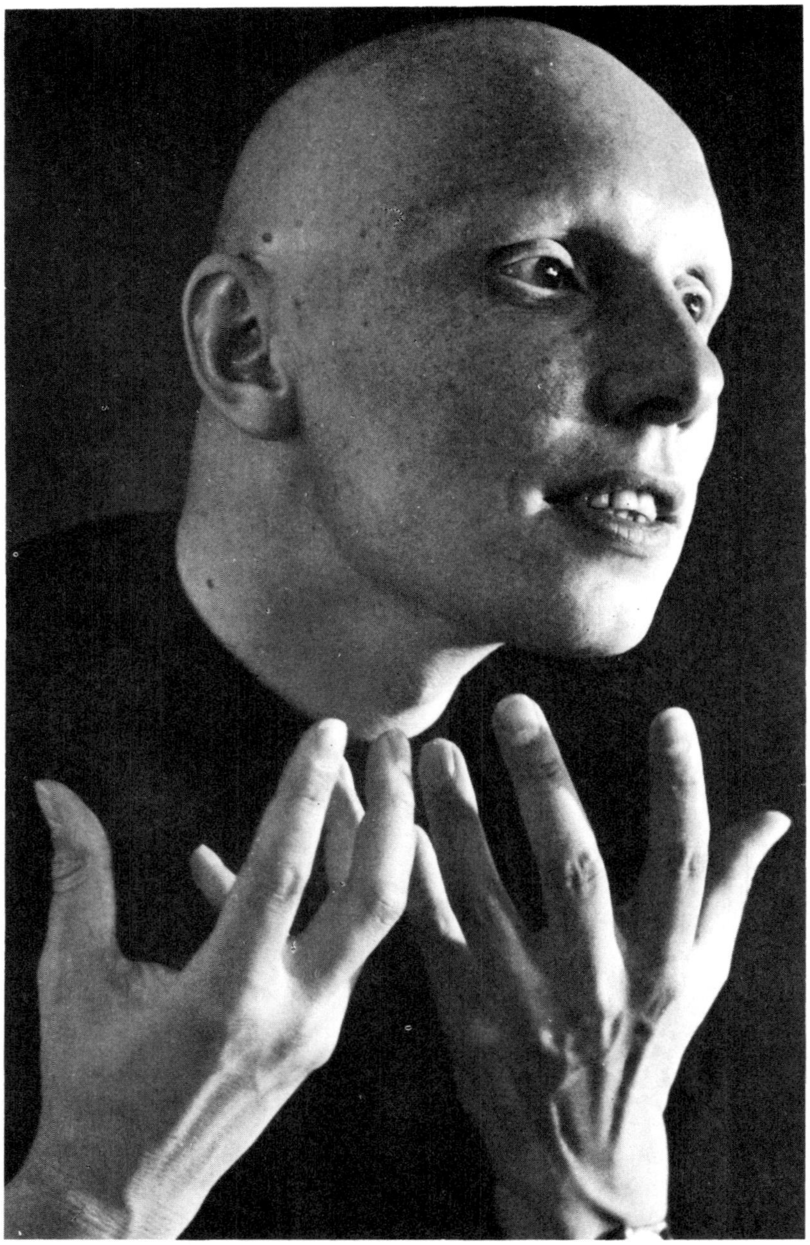

L'HOMME EST RÉVERSIBLE

Ci-dessus : Homme retourné. Les cheveux sont à l'intérieur.

L'intérieur de l'Homme en bonne santé est un vide parfait, à l'exception de deux petites billes que l'on nomme les *yeux*. Lorsque l'Homme est éveillé, les billes sont calées dans des trous appelés *orbites*. Quand l'Homme se couche, les billes tombent au fond. L'Homme ne voit plus clair. On dit alors qu'il dort.

Exercice d'observation

– *Notez la façon dont vous vous réveillez : vous descendez du lit la tête en avant. Vous n'y voyez pas encore, car vos yeux ne sont pas en place. Ils roulent dans votre creux abdominal, cherchant leurs trous. Au moment où votre tête entre en contact avec le plancher, vos yeux tombent dans leurs orbites. Vous voyez clair.*

Certains anormaux se lèvent les pieds en avant. Leurs yeux tombent alors au plus bas, dans leurs gros orteils. Ils n'y voient pas. On les appelle *aveugles*. Lorsque vous rencontrez un aveugle, marchez-lui sur les pieds, vous lui rendrez service : les billes remonteront.

2. Historique

Ce n'est qu'à une époque relativement récente que la notion du creux de l'Homme a définitivement triomphé. A vrai dire, des penseurs de génie avaient, depuis la plus haute Antiquité, pressenti la vérité. Mais de puissantes coalitions d'intérêts privés s'acharnaient à maintenir l'humanité sous le boisseau.
Le premier de tous, *Archimède* (287-212 av. J.-C.), pour avoir lâché un pet dans son bain, avait, en un éclair, conçu la grandiose théorie de l'Homme creux. Combien d'individus avant lui, devant des bulles de même provenance, s'étaient-ils contentés de changer l'eau ? C'est le propre du génie de saisir dans le plus infime détail la perche tendue qui mène aux régions supérieures de la Connaissance. Mais à peine Archimède avait-il eu le temps de crier « Euréka ! » qu'un soldat romain aposté là par la caste obscurantiste lui enfonçait la savonnette dans la bouche et lui plongeait la tête dans l'eau tiède jusqu'à ce qu'il ne sache plus parler grec. Le Grand Secret était enfoui pour des siècles.
C'est la contemplation d'un avaleur de sabres sur la place de Grève qui mit le grand *Abélard* (1079-1142) sur la voie de la vérité. Il publia le résultat de ses travaux et enseigna en chaire la doctrine de l'Homme creux. Le clergé, comme un seul goupillon, se dressa contre l'audacieux. On lui fit subir le honteux supplice que l'Histoire devait immortaliser. L'Inquisition fut créée pour traquer les avaleurs de sabres. La doctrine « La nature a horreur du vide » fut proclamée dogme inconditionnel.
La Science moderne rend un juste hommage à Abélard, martyr du progrès. Ses pensées, pieusement recueillies, pendent sous la coupole de l'Académie des Sciences, au-dessus du buste de la République.
Devant ce déploiement de cruauté, *Joseph Montgolfier* (1740-1810) attendit prudemment le siècle des Philosophes pour démontrer avec éclat que l'Homme est creux. Il alluma du feu sous son jeune frère, lequel bondit en l'air. Mais comme le feu se trouvait dans un petit panier accroché aux pans de la chemise de l'enfant, ce dernier, bondissant de plus en plus haut, disparut bientôt derrière un nuage.

3. Propriétés physiques

A l'intérieur du corps humain, la pesanteur n'existe pas.

Travaux pratiques

– *Lâchez une bille de plomb dans la bouche grande ouverte d'un Homme quelconque, de préférence endormi. Écoutez bien. Vous ne l'entendez pas toucher le fond. Donc, elle n'est pas retombée. Elle est restée suspendue dans l'espace, au centre géométrique du creux.*

Application : utilisation de l'intérieur de l'Homme pour transporter les paquets. Pendant des millénaires, on a écrasé les esclaves sous des fardeaux qui excédaient rarement une centaine de kilos. Aujourd'hui, on ouvre un porteur de gare et l'on entasse à l'intérieur autant de tonnes de colis que l'on veut. Leur poids devenant nul, le porteur ne peine pas. Vous n'avez donc pas à lui donner de pourboire.
L'état de non-pesanteur peut parfois, sous l'influence d'un fortifiant tel que le beaujolais-villages, devenir un véritable état d'anti-pesanteur. C'est alors que votre déjeuner remonte vers sa source.

Archimède exposant son principe devant un comité d'experts.

L'Homme tourne sur lui-même.

Nous croyons voir la Terre tourner. Ceci est une illusion de nos sens. La Terre ne tourne pas. C'est l'Homme qui tourne sur lui-même.

Exercice d'observation

– Regardez bien l'une des roues d'une automobile lancée à 100 à l'heure. Elle vous paraît immobile. Posez votre nez dessus. Elle tourne ! C'est la vitesse qui la faisait paraître immobile. Il en est de même pour l'Homme : il tourne tellement vite qu'on le croit immobile (Galilée, 1564-1642).

La rotation de l'Homme engendre un champ magnétique.

L'Homme a un pôle Nord et un pôle Sud.

Exercice d'observation

– Placez une boussole devant vous. Regardez l'aiguille aimantée : elle indique le Nord. C.Q.F.D.

On a longtemps prétendu que c'est la Terre qui influencerait la direction de l'aiguille. Mais pour observer une boussole, il faut nécessairement se trouver près d'elle. Il est donc impossible de prévoir ce que serait le comportement d'une boussole loin de toute présence humaine.

L'Homme est sonore.

Exercice d'observation

– Frappez un Homme. Il émet un son. S'il est en bonne santé, il donne le La naturel de la gamme de Do majeur. En le frappant à différentes hauteurs, vous vous apercevrez qu'au-dessous d'un certain niveau, il sonne sourdement. A ce niveau commence le plein. Le degré de maladie se mesure à la hauteur du plein.

C'est depuis cette découverte fondamentale de *Pasteur* (1822-1895) que les enfants portent obligatoirement, tatouée sur les vertèbres, une graduation avec la cote d'alerte en rouge. Pasteur eut cette idée pendant la crue de 1910. Il suffit de mirer l'enfant à contre-jour pour voir immédiatement la hauteur du plein.

4. Anatomie et physiologie

L'Homme est essentiellement formé d'un creux délimité par une croûte légère et friable. Tout le reste n'est qu'illusion et mensonge.

Squelette

Le squelette n'existe pas. En effet, si l'Homme avait un squelette, il ne serait pas creux. Or, il est creux. Les prétendus squelettes que l'on retrouve dans les tombes après un certain temps ne proviennent nullement des cadavres.

C'est parce qu'il est creux que l'Homme flotte sur l'eau.

Ce sont les déjections du ver sculpteur *(Lombricus praxitelus).* Puisque l'Homme n'a pas d'os, ces os ne peuvent pas casser. Les fractures sont un préjugé. Ne vous laissez pas plâtrer ! Si c'est déjà fait, brisez votre plâtre. Les radiographies sont du chiqué : le prétendu appareil à rayons X n'est qu'une vulgaire lanterne magique qui projette toujours le même cliché.

Viscères

Ce sont les accessoires de l'exploitation éhontée de la crédulité publique par les docteurs en médecine. Ces gens sans aveu vous fourrent dans le corps des saloperies destinées à vous rendre malades : reins, poumons, estomac, etc. Quand vous êtes entièrement plein, vous mourez.
Le procédé d'introduction est simple et diaboliquement ingénieux : on vous oblige à ingérer des pilules, des comprimés ou des suppositoires qui sont en réalité des graines d'organes. Cela germe en vous et produit ces monstrueux amas de viscères qui vous encombrent.
Le *cholestérol* est un précieux auxiliaire dans la lutte de l'Homme pour la santé. C'est un désherbant total qui détruit les organes et empêche la repousse. C'est pourquoi les médecins le redoutent et le combattent. Sachez défendre votre cholestérol.

Reproduction

L'Homme manifeste sa supériorité sur tout le règne vivant par sa méthode particulière d'assurer la continuité de l'espèce, méthode qui lui permet d'éviter l'humiliante et grotesque posture de l'accouplement. En voici le processus : Lorsque, dans l'Homme, le plein l'emporte sur le creux, l'Homme meurt. On l'enterre. Mais, si infime que soit le creux qui reste dans le cadavre, il y en a encore suffisamment pour attirer de petits êtres nommés *Asticots.* Ils s'emplissent goulûment des parcelles de creux qu'ils peuvent happer. Quand un Asticot est entièrement creux, il est devenu un petit Homme, car, nous l'avons dit, le creux, c'est l'Homme. Il ne lui reste plus qu'à creuser le sol jusqu'à ce qu'il rencontre une racine de *Chou,* qu'il creusera à son tour, remontant ainsi jusqu'au cœur de la plante où il mûrira pour devenir un bébé dodu. Un Homme est né.

5. Hygiène

Plus l'Homme est creux, mieux il se porte.

L'hygiène a pour objet de maintenir le creux et de repousser le plein.
On ne saurait trop mettre le public en garde contre le danger des bulles de savon. L'Homme perd ainsi du creux qu'il envoie stupidement en l'air. Cette funeste passion est la cause d'une lamentable dégénérescence de la race, car ses effets se font sentir jusque dans la descendance. Certains souffleurs impénitents envoient chaque jour dans l'atmosphère plusieurs pains de savon de Marseille, ce qui représente au bout de l'année la valeur d'une coquette maison familiale. Et nous ne parlons pas des souffleurs de luxe, à qui il faut des savonnettes américaines ! Le traitement consiste à leur faire souffler des boulets de charbon ou des boules de pétanque, qui ont encore pour avantage d'évacuer le trop-plein de plein.
L'Homme en bonne santé exhale un surplus de creux nommé *haleine.* L'haleine est le signe que le creux est à son maximum. Elle se reconnaît à son odeur puissante. Les gens qui ne sentent rien ont une haleine défectueuse ou absente. Ils sont malades. Il faut de toute urgence les

Pour ne pas perdre votre creux, parlez en circuit fermé.

Les rayons X sont dangereux pour la santé. Ne vous laissez pas tenter par les médecins qui vous proposent de vous radiographier à la sauvette.

chasser de leurs emplois. Rincez-vous la bouche, matin et soir, au purin de bouc, vous aurez une bonne situation et vous ferez un mariage d'amour.
L'Homme en *très* bonne santé a des *furoncles.* Les furoncles sont du creux qui ne trouve plus de place à l'intérieur, des réserves de creux. Attention ! Il existe des médecins assez peu scrupuleux pour vous affirmer que vos furoncles sont nuisibles. Ces charlatans, sous prétexte de vous guérir, vous enduisent d'onguents et de pommades qui pénètrent dans le furoncle et qu'ils font sortir ensuite d'un air victorieux. Ne vous laissez pas faire.
Si vous vous portez bien, vos aliments doivent ressortir de vous *exactement tels que vous les avez ingérés.*

Travaux pratiques

– Avalez sans les mâcher : une carotte entière, un saucisson porc et bœuf, une boîte de Vache-qui-rit, une orange. Attendez à la sortie. Notez les altérations subies par les aliments. Plus ceux-ci sont différents de ce qu'ils étaient, plus vous êtes malade.

Les *dents* sont foncièrement nuisibles. Elles broient les aliments de telle façon qu'on ne peut plus les reconnaître au passage. Par leur faute, il devient donc impossible de savoir si l'on est malade. Pourquoi avons-nous des dents ? Ces espèces de calculs très durs se forment dans la bouche à la suite d'un processus pathologique encore mal connu. N'écoutez pas ceux qui vous conseillent de vous brosser les dents deux fois par jour. Cela ne suffit pas à les user, elles sont trop dures. Faites-les plutôt arracher.
Il arrive que l'Homme contienne des *Bacilles de Koch.* Le Bacille de Koch est le meilleur ami de l'Homme. En effet, cet intelligent et dévoué animal creuse de toutes ses forces. Il crée, à l'intérieur de l'Homme, des civilisations hautement développées où fleurissent les arts, les techniques et les vertus.

6. Philosophie

L'Homme étant reconnu creux, une seule question subsiste de tout l'édifice antérieur de la philosophie, question d'une portée incommensurable puisqu'elle domine tout notre comportement et que de la réponse que nous y donnons dépend absolument, non seulement notre attitude devant l'Univers, mais encore la nature même de notre moi le plus profond. Cette question, la voici :

Sommes-nous à l'intérieur ou à l'extérieur de nous-même ?

Suivant en cela les théories les plus récentes des philosophes de l'école de J.-P. Sartre corrigée par Johnny Halliday, nous ne craignons pas d'affirmer catégoriquement : *nous sommes à l'intérieur.*
Si nous avons l'impression, autour de nous, d'un tas de trucs étrangers à nous, c'est parce que nos yeux contiennent de minuscules appareils de cinéma. Dès que nous dirigeons nos regards vers un point de l'espace, nous dirigeons en même temps sur ce point précis l'appareil de projection. Nous ne voyons donc que ce que nous projetons. D'où l'illusion d'un soleil, d'une lune, de choses, de bêtes et de gens qui n'existent pas. Nous sommes en réa-

Aux premiers bruits de guerre, les personnes prudentes font des provisions de creux.

lité tout seuls. Et creux. Et enfermés là-dedans. Tapissons-nous de papier à fleurs et mangeons du rahat-loukoum.

7. Théologie

Au commencement, Dieu créa le Ciel et la Terre. Et puis, il se dit : « Je vais créer l'Homme à Mon image. » Il prit alors un peu de terre et il créa l'Homme. Seulement, dans cette terre-là, il y avait justement un trou de taupe. Et l'Homme fut creux. Et puisque l'Homme avait été voulu par Dieu comme Sa propre image, Dieu fut creux.
Et ceci explique enfin l'ineffable mystère de la Sainte Trinité, sur lequel tant de bons pères se sont cassé les dents et au nom duquel tant de solides lurons furent gaspillés en fumée : Dieu est Un et Dieu est Trois, *car les Trois sont emboîtés l'un dans l'autre.* Comme les poupées russes...
Autre conséquence : Dieu étant, d'une part, infiniment grand et, d'autre part, creux, il s'ensuit que nous nous trouvons à l'intérieur de Dieu. Mais, j'y songe : rien n'existe que moi, et je suis à l'intérieur de moi, comme j'ai eu l'honneur de vous le démontrer tout à l'heure. Donc, je suis Dieu. Pas d'erreur, vous pouvez reprendre depuis le début. D'ailleurs, vous qui me lisez, vous n'existez pas. Mais ne croyez pas que vous allez vous en tirer comme ça ! Il me vient une idée. Dans trois secondes, je crée le Monde. Avec vous dessus. Et je vais vous en faire baver, mes petits amis, faites-moi confiance. J'en ris déjà.

Faire des bulles est un vice dégradant. Certains croient passer inaperçus en utilisant des orifices inhabituels, voire en faisant des bulles carrées. Mais ils sont toujours trahis par le bruit.

Histoire monumentale des sciences médicales

On admet généralement que la médecine naquit le jour où un homme fendit le crâne de son épouse plus très fraîche dans le dessein thérapeutique, hélas cruellement déçu, de lui faire passer le hoquet. Sornettes. Billevesées. Fariboles. Chansons. Calembredaines. Foutaises. Il n'y eut véritablement et pour la première fois acte médical qu'au moment précis où une main droite agita de loin une ordonnance tandis qu'une main gauche, par un mouvement parallèle, de sens contraire et exactement synchronisé, se frottait le gras du pouce contre la phalange terminale de l'index légèrement replié sur lui-même, mimique dont la signification hautement ésotérique s'est transmise intacte jusqu'à nos jours à travers les innombrables générations de médecins qui fleurirent dans cette vallée de larmes pour en être la plus belle parure. Avant cela, il ne saurait être question que d'amateurisme, de bricolage, de gâche-métier. Nous n'allons pas perdre notre temps à ces bêtises. Passons aux choses sérieuses.

Dès le départ, nous nous trouvons devant un mystère vertigineux. Lequel précéda l'autre : le médecin ou le malade ? Question lourde d'implications capitales, question qui procède de la nature même de l'Univers et dont la réponse échappe et échappera, probablement à jamais, à l'investigation angoissée des hommes. Qui fut d'abord : la poule ou l'œuf ? ou le coquetier ? Ô abîme...

La seule base solide que nous ayons est celle-ci : pas de médecin sans malade, et réciproquement. Aussi loin que nous plongions dans les visqueuses ténèbres des siècles engloutis, nous les trouvons indissolublement liés l'un à l'autre. Pour nous en tenir aux faits, disons que ce qui est certain c'est qu'à un moment donné grand M de l'histoire du monde il n'y avait pas de malade, et qu'à un autre moment grand M' il y en avait au moins un, ce moment M' se situant sur un point de l'échelle des temps chronologiquement postérieur par rapport au moment M. Ce malade, n'ayant été, par définition, précédé d'aucun autre, peut donc être à juste titre dénommé premier malade, ou malade numéro 1 (M 1). Mais eût-il été reconnu malade s'il ne se fût trouvé auprès de lui un médecin pour l'enregistrer en tant que tel ?

Nous n'avançons pas.

Voilà où en étaient les choses avant que je ne vinsse. Enfin, je vins. Grâce au carbone 14, j'ai pu reconstituer la genèse de la chose.

La voici.

En ce temps-là, quand la faim mordait le ventre de l'homme, ça le réveillait. L'homme bâillait, puis il s'étirait, puis il chassait de la main le vautour familier et dentifrice qui lui avait nettoyé les dents pendant son sommeil (il

Jeune spartiate arrachant son ver solitaire (par Praxitèle). Sans se laisser attendrir par les cris déchirants de la bête, l'héroïque enfant débusque le terrible fauve de son repaire. Admirons la sobriété des moyens employés par l'artiste pour nous faire ressentir l'intense poésie qui se dégage de cette belle œuvre classique.

Les grandes étapes

NUIT DES TEMPS Esculape, fils d'Apollon, invente l'art de faire disparaître les bosses en appuyant dessus avec une pièce de cent sous. La médecine est née.

1001 av. J.-C. Inspirés par Dieu, les médecins du vieux roi David lui prescrivent de coucher avec une jeune fille vierge afin de retrouver la vigueur de ses vingt ans. Si le roi se réveille plus fatigué qu'auparavant, c'est que la fille n'était pas assez vierge et on la met à mort.

650 av. J.-C. Le médecin perse Ottdabortonphalzar-Ypourahrservir, condamné au supplice du pal par un caprice d'Artaxerxès IV, invente le suppositoire avant d'expirer.

392 av. J.-C. Hippocrate établit de façon définitive que c'est pour s'être assises dans l'herbe humide que les femmes deviennent enceintes.

360 av. J.-C. Platon découvre l'existence d'une espèce de ficelle naturelle tendue entre les testicules et le larynx. Si l'on coupe les testicules, cela détend la ficelle, le sifflet du larynx se ferme et donne l'octave supérieure. C'est pourquoi les eunuques sont des ténors.

335 av. J.-C. Aristote fait la preuve que l'on peut très bien avaler de la nourriture la tête en bas, et même en tombant d'une falaise élevée, sans que la digestion en souffre, si aucune autre cause ne vient la troubler.

270 av. J.-C. Epicure expérimente sur lui-même pour savoir combien de fois un homme peut faire l'amour sans mourir. Il succombe, un sourire aux lèvres, mais, trop faible pour parler, il emporte son secret dans la tombe.

0 Première naissance par parthénogenèse. Marie explique à son fiancé Joseph que la grossesse peut être provoquée chez les vierges par l'opération du Saint-Esprit. Joseph lui fout quand même son poing sur la gueule, à tout hasard.

30 Sainte Marie-Madeleine recueille pieusement un pet foireux du Christ. Cette inestimable relique est toujours conservée dans une ampoule de cristal de roche à Saint-Pierre de Rome. Elle guérit la mauvaise haleine.

180 Galien met au point la technique des noyaux de cerise marqués et prouve ainsi qu'il existe un lien entre l'ingestion de nourriture et la production de matière fécale.

210 Pétrone invente l'art de se faire vomir pour pouvoir reprendre du vol-au-vent.

212 Origène démontre que les maladies sont de justes punitions envoyées par Dieu pour nos péchés. Cette notion retardera de deux mille ans l'avènement de la Sécurité sociale.

325 Le concile de Nicée décrète que la femme, n'étant qu'une couveuse à fœtus, ne jouit pas pendant le coït. Si elle crie cependant et dit « Encore ! », ce ne sont que mouvements purement mécaniques, comme en ont parfois les végétaux.

425 Saint Augustin enseigne que c'est au troisième mois de la grossesse que Dieu introduit une âme dans les fœtus de sexe masculin. Les futures femmes n'en reçoivent pas.

451 Le concile de Chalcédoine décrète qu'en cas d'accouchement périlleux il faut sacrifier la mère plutôt que l'enfant, car il y a une chance sur deux que l'enfant soit mâle et puisse par conséquent devenir prêtre, alors que la mère est irrémédiablement femelle.

Suite page 70

dormait la bouche ouverte, sur le dos, bien à plat, c'était un pacte ancestral entre l'homme et le vautour), puis il se grattait, puis il rebâillait, puis il reniflait sous ses aisselles pour savoir si c'était le jour de se laver ou si vraiment ça ne pouvait pas attendre jusqu'au mois prochain, puis il pointait ses narines vers le ciel en les ouvrant toutes grandes (1) afin de déceler l'odeur de l'aurochs. Quand il avait localisé l'aurochs, il partait en courant dans cette direction-là, droit devant lui, il courait de toutes ses forces, il courait jusqu'à ce qu'il ait rattrapé l'aurochs.
A ce moment-là, l'homme continuait à courir, mais cette fois à côté de l'aurochs. L'aurochs courait aussi, et de plus en plus vite, et en gueulant comme seuls savent gueuler les aurochs en ces pénibles circonstances. Car l'aurochs savait ce qui allait se passer ensuite, et vous aussi vous allez bientôt le savoir.

Suppositoire à poignées
(Époque crétoise)

Tout en courant, donc, coude à coude, si j'ose dire, avec l'aurochs, l'homme se choisissait un morceau bien tendre, par exemple dans le filet, puis il visait avec soin, puis soudain il mordait dans l'aurochs, en plein dans ce bon morceau qu'il s'était choisi, puis il mastiquait consciencieusement, juste comme sa maman lui avait dit, puis il avalait, puis il mordait encore, et encore, et il continuait comme ça à courir et à manger de l'aurochs jusqu'à ce qu'il n'ait plus faim ou jusqu'à ce qu'il n'y ait plus d'aurochs. Dans le second cas, il recommençait aussitôt avec un autre aurochs. Dans le premier cas, il se laissait tomber sur le sol à l'endroit même où il avait terminé son repas, et puis il rotait un bon coup pour se soulager les boyaux du ventre, et puis encore un coup pour la politesse, et puis encore un coup pour faire rire les petits oiseaux, et puis encore un coup pour se faire plaisir, et hop, il s'endormait, sur le dos, bien à plat, la bouche ouverte, et le vautour dentifrice descendait du ciel et commençait à extirper du bout du bec les savoureux petits morceaux d'aurochs coincés entre les dents de l'homme pour les emporter à tire-d'aile à ses petits vautourneaux qui claquaient du bec, là-bas, par-delà les mers et les montagnes, à chaque bouchée un voyage aller et retour, ah la la, les enfants, si j'aurais su j'aurais resté vieux garçon. Et l'homme dormait à poings fermés jusqu'à ce que de nouveau la faim lui mordît le ventre, et ça, oui, c'est la vraie vie !

1. En ce temps-là, l'homme savait ouvrir et fermer ses narines. Il savait aussi faire bouger ses oreilles et faire sortir la fumée par ses yeux. Des gaillards comme ça, on n'en fait plus.

SOULEVEZ MA PETITE JOCONDE, VOUS VERREZ MES PETITS ESTOMACS !
par Léonard de Vinci

La Joconde, le plus célèbre tableau de tous les temps, cachait un mystère. Il ne fut éclairci que tout récemment, par un pur hasard. La Joconde est un tableau truqué ! Le vague portrait de femme grassouillette, au sourire niais, qui occupe sa surface visible, n'est qu'un prétexte. Il comporte deux panneaux mobiles qui, en s'écartant, révèlent sa véritable raison d'être : une planche anatomique très bien faite, destinée aux étudiants en médecine. A la fin du Moyen Age, l'Église interdisait, sous peine de mort, de disséquer des corps humains. Bravant cet interdit, Léonard ouvrit un modèle et peignit fidèlement tout ce qu'il voyait à l'intérieur. Nous devons être reconnaissants envers le génial artiste.

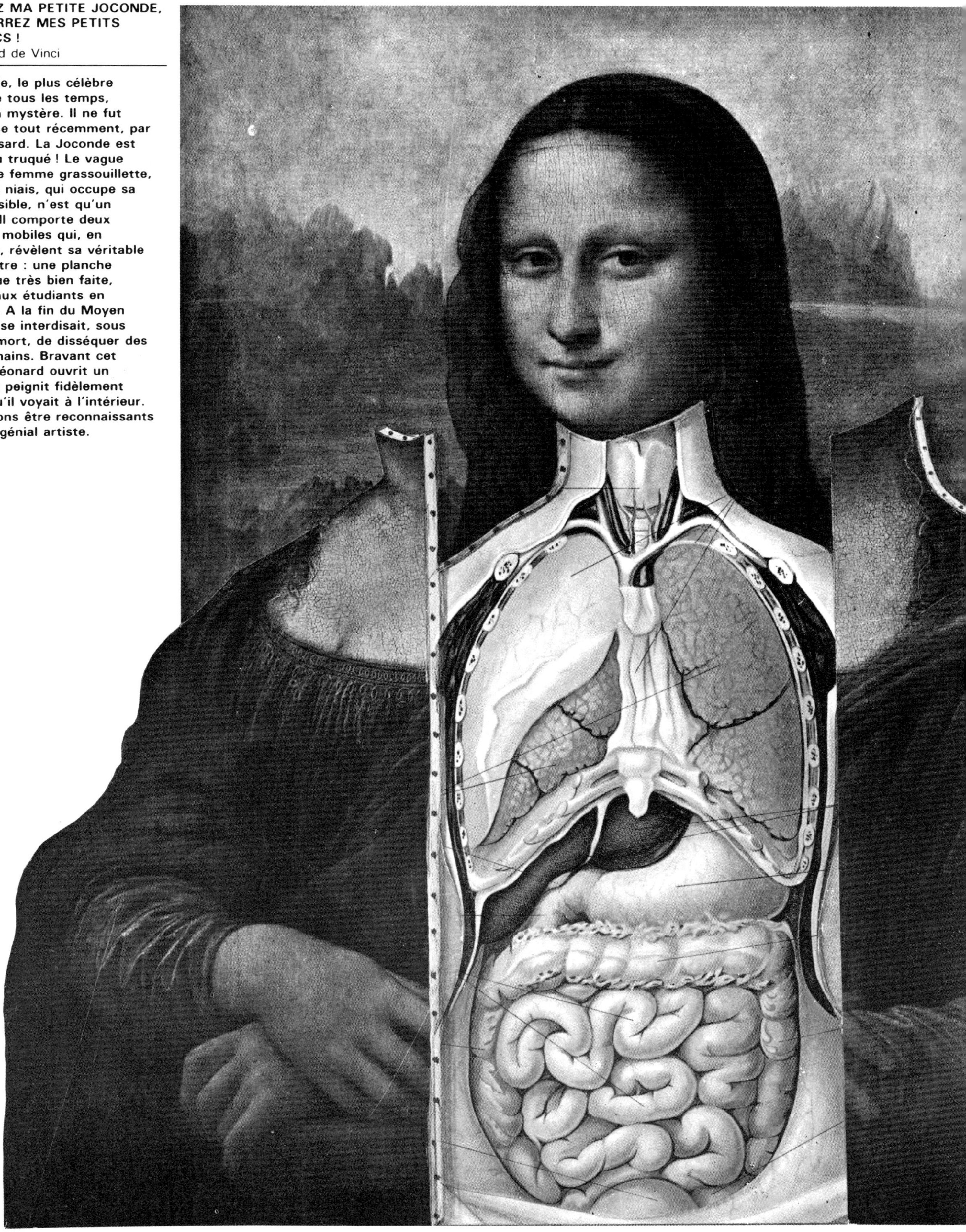

Les grandes étapes

Suite de la page 68

800 Haroun al-Rachid, calife des croyants, fonde la faculté de médecine de Bagdad. Elle est chargée de lui fournir chaque jour un médecin d'immense savoir que le calife fait mettre à mort le soir même afin qu'il n'ausculte personne d'autre après lui.

992 Avicenne a l'idée d'accrocher une clochette au membre sexuel des lépreux. Quand la clochette ne tinte plus, cela signifie que le membre sexuel, parvenu à maturité, est tombé. Il ne reste plus qu'à courir le ramasser pour le mettre dans la soupe.

1255 Saint-Louis baise un lépreux sur la bouche et lui donne la peste.

1270 Saint-Louis part en croisade pour pouvoir se masturber à son aise loin de sa maman Blanche de Castille. Ça ne lui portera pas bonheur.

1515 François Ier, à Marignan, découvre la véritable cause de la syphilis. C'est en effet en s'asseyant sur des cabinets malpropres qu'il contracta cette maladie honteuse, d'après le récit qu'il fit à la reine son épouse.

1518 Début de la longue querelle entre les deux prestigieuses écoles de médecine de Padoue et de Salerne sur la question de savoir quel est le meilleur remède contre la grippe : vin chaud ou grog au rhum.

1530 Léonard de Vinci invente la seringue à eau bénite permettant de baptiser in extremis les nouveau-nés dans l'utérus même de leur mère en cas d'accouchement fatal.

1540 Ambroise Paré fonde la dichotomie par ces immortelles paroles : « Je le pansay, Dieu le guarist. Pour les honoraires, on a partagé fifty-fifty. »

1580 Galilée invente le thermomètre rectal. Mais la puissante corporation des Preneurs de Température Rectale par Introduction de la Langue brise ses instruments et le dénonce à l'Inquisition comme hérétique.

1590 Pour la première fois, un microbe aperçoit un œil humain à l'autre bout d'un microscope.

1592 Utilisant une trompe d'éléphant dont il obstrue soigneusement les narines, Lord Capott, médecin particulier de la reine Elisabeth d'Angleterre, crée le premier préservatif.

1610 Pendant qu'il opérait Henri IV des amygdales, le docteur Ravaillac glisse sur une peau de banane et le roi succombe au choc opératoire à la surprise générale.

1615 Harvey fait bien rigoler les savants lorsqu'il prétend que le corps humain ne serait pas un gros sac rempli de sang, mais que ce sang circulerait dans des espèces de tuyaux.

1683 Le professeur Diafoirus aspire avec grâce le pus de la fistule anale de Louis XIV devant toute la Cour réunie dans la Galerie des Glaces, à Versailles.

1708 Denis Papin, s'étant assis sur une marmite pour remplacer le couvercle qu'il avait perdu, invente à la fois, en un double éclair de génie, la machine à vapeur et le bain de siège.

1793 Le docteur Guillotin démontre que l'on peut parfaitement couper la tête d'un roi sans faire tomber la couronne à condition de frapper d'un coup sec.

Suite page 73

Or il arrivait, de loin en loin, que l'homme n'attrape pas l'aurochs. Pourtant il courait de toutes ses forces, l'odeur d'aurochs était devant lui, là, tout près, appétissante comme tout, mais il avait beau courir et courir, il y avait toujours l'odeur et jamais l'aurochs. Et l'homme finissait par tomber par terre, et les autres hommes qui passaient en courant le voyaient, et ils se disaient entre eux, la bouche pleine : « Tiens, Ours-Gris-Qui-Dit-Maman-Quand-On-Lui-Appuie-Sur-Le-Ventre ne mange pas ! » Ils étaient un peu étonnés, mais après tout chacun est libre, merde, alors ils continuaient à manger, et à courir, et à dormir, et à manger, et à courir, et à dormir. Et Ours-Gris-Qui-Dit-Maman restait là, par terre, dans le grand terrible soleil préhistorique, comme une grenouille crevée, et il crevait en effet, et alors tout le monde disait : « Quand je pense que je l'ai rencontré pas plus tard que ce matin ! Ah, on est bien peu de chose ! »

Et voilà, c'est fini pour lui. C'est bien triste, mais vous savez, on s'y fait. Vous verrez.

Un jour, un homme d'entre les hommes n'avait pas pu attraper l'aurochs. Il était tombé par terre, juste comme je viens de vous expliquer, et il était en train de crever, et même c'était pour ainsi dire fait, et bon. Or voilà qu'un autre type s'approche et se met à lui parler. Alors, bon, voilà ce que ce type lui dit :

– O toi, ô Mammouth-Qui-Fornique-Entre-Les-Œufs-Sans-En-Casser-Un-Seul, tu n'as pas attrapé l'aurochs, aujourd'hui.

Mammouth-...-Œufs-...-Seul ne répondit rien. Et vous, qu'auriez-vous répondu à sa place ? Il n'avait déjà pas trop de toutes ses forces pour crever, alors pensez s'il en avait de reste pour parler de choses et d'autres avec ce con ! Ça n'empêcha pas le type de continuer comme ça :

– Tu n'as pas attrapé l'aurochs, ô Mammouth, et moi je sais pourquoi tu ne l'as pas attrapé.

Mammouth-...-Seul ne répondit pas plus que la première fois, mais son oreille se tourna légèrement vers la source de ce discours.

Jeune fille de l'aristocratie japonaise tuant ses morpions à coups de sabre. (Peinture sur soie. XIIIe siècle.) On ne répètera jamais assez à quel point la découverte du DDT fut un bienfait pour l'humanité.

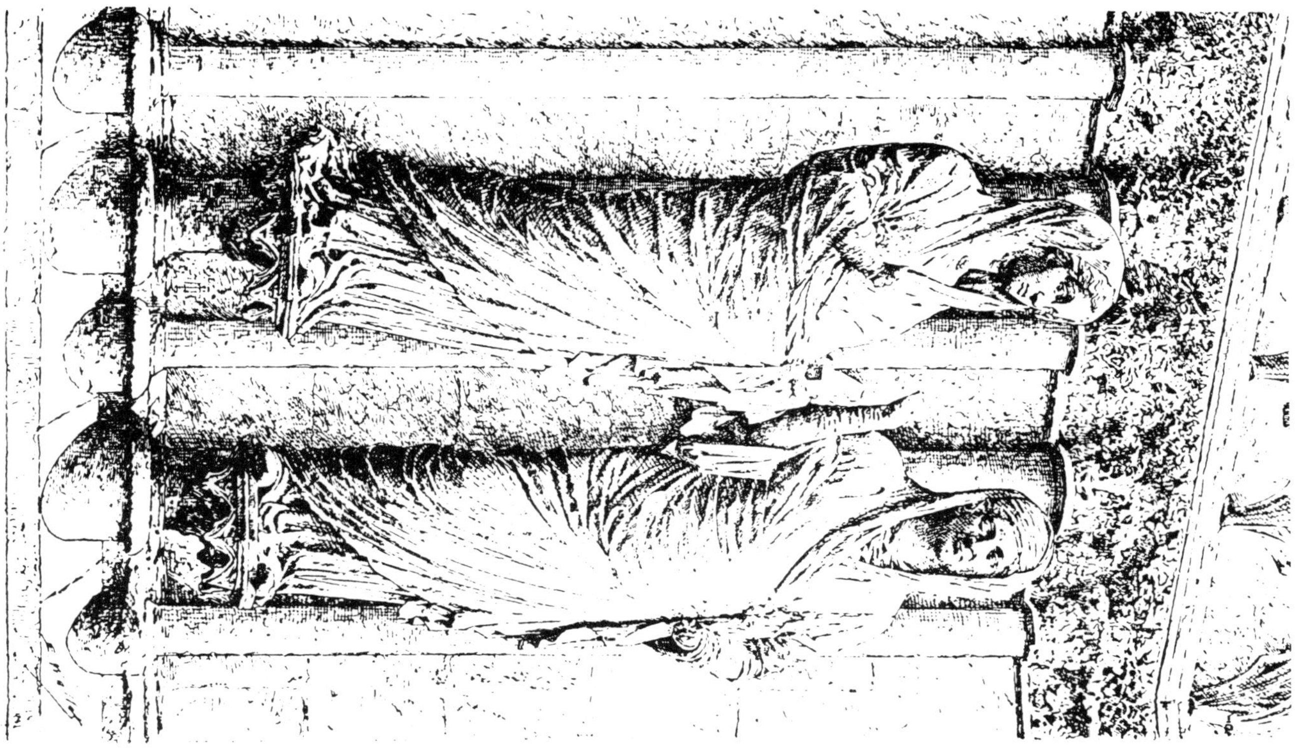

DEUX LÉPREUX COLLÉS AU PLAFOND
(Sculpture de la Sainte-Chapelle)

Au Moyen Age, la condition des lépreux était misérable. On les collait au plafond des hôpitaux pour ne pas encombrer les lits, réservés aux maladies non répugnantes. Aujourd'hui, les lépreux sont des hommes comme les autres. Aucun nègre ne rougirait de leur serrer la main.

– Tu n'as pas attrapé l'aurochs parce que l'aurochs a couru plus vite que toi.
Ça, ça devenait vachement difficile à comprendre, ça. Mammouth fit monter tout ce qu'il lui restait de forces dans les boyaux de sa tête.
Ce type dit encore :
– Hier, ô Mammouth, l'aurochs, tu l'attrapais.
Mammouth fit « Hon, hon ».
– Tu l'attrapais parce que tu courais plus vite que lui.
Qu'est-ce que ça devenait difficile, ouh la la ! Mammouth aurait bien voulu qu'on le laisse crever tranquille. Mais ce type n'arrêtait pas. On se demande où il allait chercher tout ça.
– Aujourd'hui, tu as couru moins vite que l'aurochs. Et si tu as couru moins vite, c'est parce que ta jambe se plie à l'endroit où il ne faut pas. Et si elle se plie comme ça, ta jambe, c'est parce que, la nuit dernière, Petit-Chacal-Hargneux-Qu'A-Pas-Peur-Des-Gros a laissé tomber dessus, du haut de la falaise, un gros rocher très lourd pendant que tu forniquais avec la femme de Petit-Chacal sans casser les œufs. Ta jambe est CASSÉE, ô Mammouth, tu es MALADE.
Alors, Mammouth dit :
– Voilà, voilà... Et qu'est-ce qu'on fait, quand on est malade, ô toi dont je ne sais pas le nom ?
– On crève, ô Mammouth.
– C'est bien ce qu'il me semblait, dit Mammouth.
Et il soupira un peu.
– A moins..., dit l'étranger.
– A moins ?
– A moins de se SOIGNER.
– Qu'est-ce que ça veut dire, « se soigner ? »
– Ça veut dire dire recoller ta jambe pour que tu puisses courir comme avant, ô Mammouth, et manger l'aurochs.
– Et comment fait-on ça, ô inconnu ?
– On demande à un MÉDECIN, ô Mammouth.
– Et où y a-t-il un médecin, ô gros malin ?

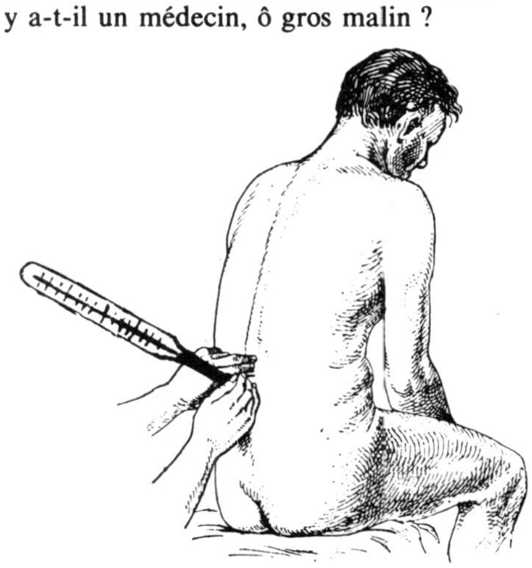

L'HEURE DU THERMOMÈTRE
(par Breughel l'Ancien)

L'apparition du thermomètre anal fut une véritable révolution. Au début, les praticiens, mal entraînés à son usage, n'arrivaient pas sans tâtonnements à le planter au bon endroit.

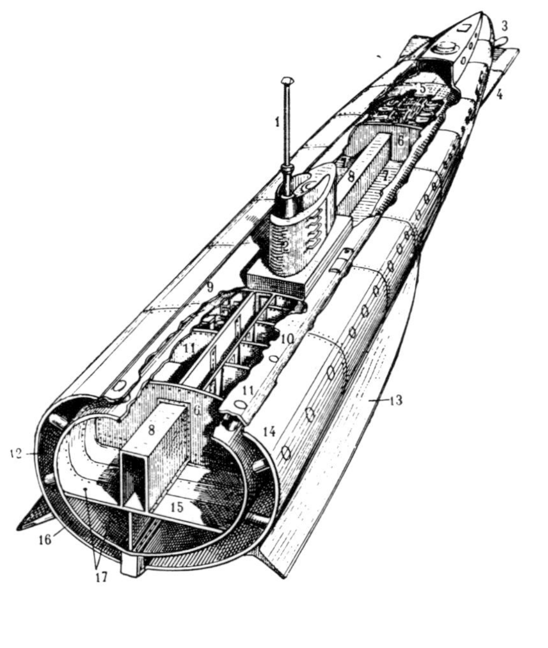

Membre sexuel de François Ier
(par Léonard de Vinci)

– Ici même, ô Mammouth. Je suis médecin.
– Alors, soigne-moi, ô médecin !
– De tout cœur, ô Mammouth. Quand tu m'auras payé ma CONSULTATION.
– Combien te dois-je, ô médecin ?
– Un aurochs bien tendre.
– Mais je ne peux pas attraper l'aurochs !
– Alors, crève, ô Mammouth.

Et il creva.

Mammouth-Qui-Fornique-Entre-Les-Œufs-Sans-En-Casser-Un-Seul peut être considéré incontestablement comme le premier homme au monde qui mourut en sachant pourquoi. Et ça, c'était un grand progrès, tout ce qu'on voudra.

Eh bien, voilà. La médecine existe, la maladie donc. Une bonne chose de faite. A partir de là, ça devrait aller tout seul.

Les hommes eurent mal. Les médecins leur dirent qu'ils avaient mal. Les hommes donnèrent de grandes richesses aux médecins pour cela. Les médecins furent honorés parmi les hommes, ils mangèrent des soupes de langues de rossignols où les pâtes alimentaires étaient remplacées par des émeraudes, des rubis et des petites tours Eiffel en or, et ils eurent des infirmières aux lèvres de miel pour les aider à franchir le cap difficile de la ménopause de leurs épouses.

Il arrivait parfois que le malade ne crevait pas. La jambe se recollait, le crâne fendu ravalait sa cervelle, slurp, et se ressoudait, la massue du jaloux faisait sauter la dent ca-

LES DÉBUTS DE LA PSYCHANALYSE (par Toulouse-Lautrec).

Les règles de l'investigation psychanalytique n'étaient pas encore complètement fixées. Observez la façon dont Freud tient son crayon. Il ne le tiendrait plus comme cela, de nos jours.

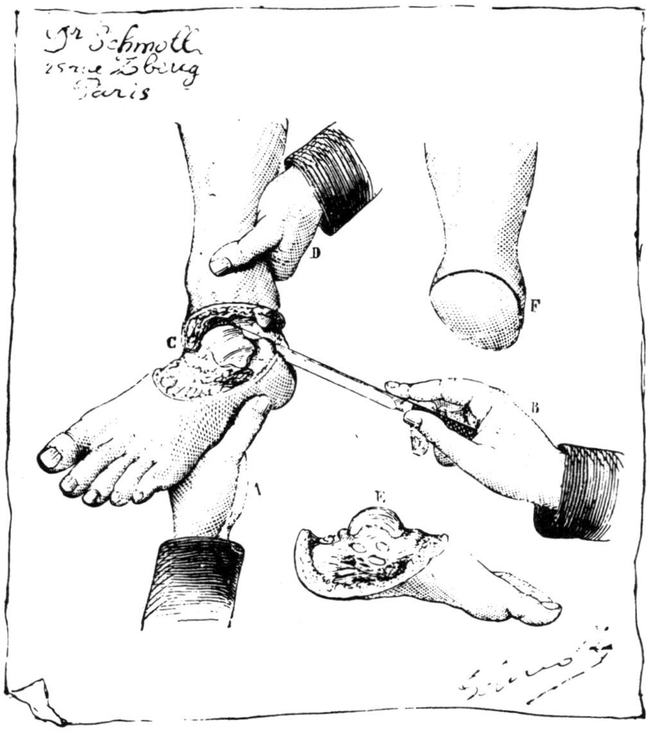

UNE ORDONNANCE MÉDICALE AU XVIII° SIÈCLE

Les médecins ont toujours eu soin de rédiger leurs ordonnances de telle manière que le malade ne puisse les déchiffrer, car ce qu'il y a dessus ne le regarde pas. Seul le pharmacien comprend les prescriptions du médecin. L'ordonnance reproduite ici est rédigée sous forme de rébus. Quand le malade l'eut portée au pharmacien, il eut une surprise.

A

B

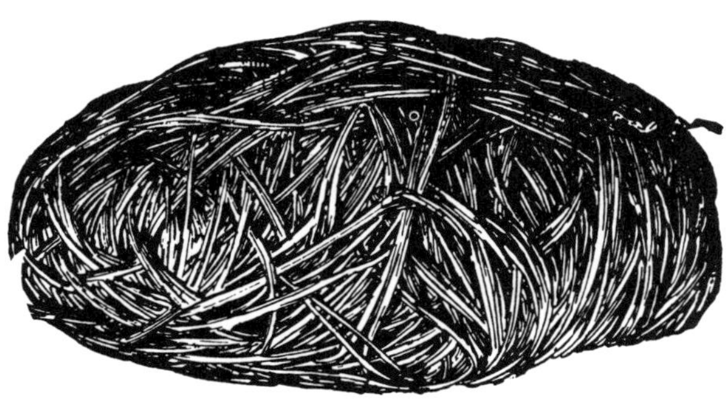

LES MÉFAITS DE L'ALCOOLISME (Collection Ricard)

A – Estomac sain.
B – Estomac d'un alcoolique ayant, sous l'empire de la boisson, mangé des spaghettis sans les mâcher.

Les grandes étapes

Suite de la page 70

1802 A l'Hôtel-Dieu de Paris, le grand Bichat introduit pour la première fois au monde une bouteille de porto dans l'anus d'un malade dans le dessein de faire rigoler bêtement les infirmières.

1815 A Waterloo, Napoléon s'isole cinq minutes derrière une haie avec une bergère. Il perd la bataille et attrape une chaude-pisse. Le chirurgien Dupuytren fait les pansements de l'Empereur sans s'arrêter de courir.

1844 Horace Wells découvre l'anesthésie, mais les chirurgiens repoussent avec mépris cette innovation attentatoire à la dignité humaine et continuent à se mettre du coton dans les oreilles.

1850 Le grand savant Claude Bernard charcute tout vivants 25 000 chiens, 18 000 chats, 6 000 singes, 5 500 porcs, 150 000 grenouilles, 12 rhinocéros et un poisson rouge afin d'étudier ce qui se passe dans le corps de l'homme.

1854 Florence Nightingale, femme au grand cœur, a l'idée de peindre une croix rouge sur les ambulances et les hôpitaux afin que l'artillerie puisse viser plus facilement.

1860 Charcot met au point le test du coup de marteau sur le genou et meurt aussitôt, la mâchoire fracassée. Son élève, Freud, rendra la méthode moins dangereuse en remplaçant la chaise du malade par un canapé et le marteau par un calepin.

1875 Pasteur démontre avec éclat que les microbes n'ont nullement besoin de s'accoupler pour se reproduire. L'alliance qu'ils portent au doigt n'est qu'une ruse pour tromper le monde.

1882 Koch découvre le bacille de la tuberculose, hélas une seconde trop tard : la Dame aux Camélias vient juste de mourir.

1891 Le professeur Péan situe avec précision la position de l'appendice. Désormais, l'opération de l'appendicite n'est plus un jeu de hasard. Jusque-là, dans 50 % des cas, on coupait le membre sexuel.

1898 Expérience célèbre de Pavlov prouvant que si l'on donne un morceau de sucre à un chien pendant qu'on lui coupe la queue, le chien mange d'abord le sucre, et puis il vous mord.

1900 Bertillon invente l'anthropométrie, mettant ainsi la médecine au service de la basse police. Pour sa peine, il a droit à une entrée gratuite au bal annuel de la Préfecture de Police.

1903 La loi sur les congrégations chasse les admirables bonnes sœurs des hôpitaux et les remplace par des salopes laïques portant des jupes réglementaires taillées à hauteur de nez du malade et rien en dessous.

1905 Broca, chirurgien officiel du Tour de France cycliste, fixe un guidon de course sur une enclume et crée ainsi la première table d'opération.

1940 En pleine guerre mondiale, Fleming découvre la pénicilline, médicament-miracle qui permet de renvoyer les blessés au front trois fois plus vite.

1969 Paul VI interdit l'usage de la pilule aux épouses chrétiennes par ces nobles paroles : « Si la Sainte Vierge avait pris la pilule, je n'aurais jamais été pape. »

1980 Un médecin du travail aux Houillères du Nord démontre qu'un mineur silicosé à 100 % peut parfaitement travailler jusqu'à la dernière seconde si on lui tape sur les doigts aussitôt qu'il s'arrête.

LES RAVAGES DE L'ECZÉMA
(par Ingres)

Joséphine, impératrice des Français, se gratte discrètement la région anale, croyant que l'artiste ne la voit pas.

riée et seulement celle-là, l'estomac digérait le poignard, la phtisie galopante se terminait en gros rhume et le choléra morbus en pet foireux. Le malade disait : « Mon sauveur ! » L'infirmière criait : « C'est un dieu ! » Les héritiers reprenaient le train, mais en troisième, cette fois. Le médecin envoyait une belle thèse à l'Académie pour lui montrer quel mec il était et combien l'illustre société s'honorerait en attribuant son nom à un petit bout de tuyauterie encore disponible en cherchant bien dans un recoin de viscère pas trop galvaudé.

Si l'homme n'avait été qu'une bête comme vous et moi, tout aurait pu continuer comme ça, à la satisfaction générale. Mais l'homme est un enfant de Dieu, et ça change tout. Il y a, dans le corps de l'homme, quelque part, une AME. L'âme est une étincelle divine. L'âme aussi est parfois patraque. Pour ça, il y a les CURES. Les médecins avaient le corps, les curés avaient l'âme, les vaches étaient bien gardées.

Mais un jour les curés se dirent : « On veut tout. Y a pas de raison. Et merde ! » Ils se dirent ça en latin, ils n'étaient pas encore modernistes.

Les curés dirent au peuple : « La maladie vient de Dieu, car toute chose vient de Dieu. Dieu vous envoie la maladie en punition de vos péchés. La guérison aussi est donnée par Dieu, s'il le veut bien. Il le veut bien quand quelqu'un en qui il a confiance le lui demande poliment. Ceux en qui il a le plus confiance, c'est nous, ses curés. Ne portez plus vos sous aux médecins, c'est impie et ça ne sert à rien. Donnez-les-nous, à nous. Nous prierons très fort et Dieu vous guérira, ça c'est sûr. »

Et en effet, ça fonctionna très bien.

A tous les coups, on était guéri. Ou alors c'est qu'on avait vraiment beaucoup péché. Ou qu'on était trop pauvre pour offrir des basiliques au bon Dieu, ce qui revenait au même, car Dieu envoie la richesse comme récompense de la vertu et du travail. Donc, pas la peine d'embêter les morts pour regarder ce qui se passe à l'intérieur du corps : à quoi ça servirait ? Et ça ne serait pas trop poli, en plus. Ça aurait l'air de penser qu'on n'a pas confiance dans le Créateur. C'est pourquoi ceux qui essayaient quand même de regarder comment c'était fait à l'intérieur des gens étaient brûlés tout vivants, qui aime bien châtie bien.

Eh bien, ça marchait pas trop mal. Tout le monde était content, ça aurait pu durer toujours. Hélas, il y avait les médecins. Ils n'avaient pas digéré le coup. Ils se sont mis à chercher, à chercher. Et voilà : ils inventèrent les microbes.

Les microbes, ce sont des petites bêtes qu'il suffit de les tuer pour être guéri. Et tellement petites qu'il est impossible de les voir à l'œil nu à moins d'être complètement saoul. Même si vous êtes en état de péché mortel, vous tuez le microbe, ça vous guérit. Alors, les gens recommencèrent à aller chez le médecin et à faire pipi derrière l'église, et même l'amour, quand ça se trouvait. Et les médecins recommencèrent à manger du gigot, et la bonne Sainte Vierge n'eut plus beaucoup de cierges pour se chauffer les côtes. Les gens, ils sont comme ça, ça va ça vient.

Pour tuer les microbes, il faut taper dessus avec des médicaments. Les médicaments, ça s'achète chez le pharmacien. Les pharmaciens, c'est des gens qui auraient voulu être médecins mais qui se sont aperçus en route qu'ils ne supportaient pas la vue d'une langue chargée, surtout après les repas. Alors ils se sont mis dans une boutique, et ils lisent des illustrés toute la journée, et quand un malade leur tend une ordonnance ils font semblant de regarder et puis ils lui donnent n'importe quoi.

Eh bien, voilà. Voilà, voilà, voilà. Nous avons fait le tour du sujet. Il y aurait encore beaucoup à dire, mais d'autres l'ont dit avant moi et j'ai horreur de perdre mon temps.

NÈGRE INGRAT SODOMISANT LE DOCTEUR SCHWEITZER APRÈS AVOIR ÉTÉ GUÉRI PAR LUI

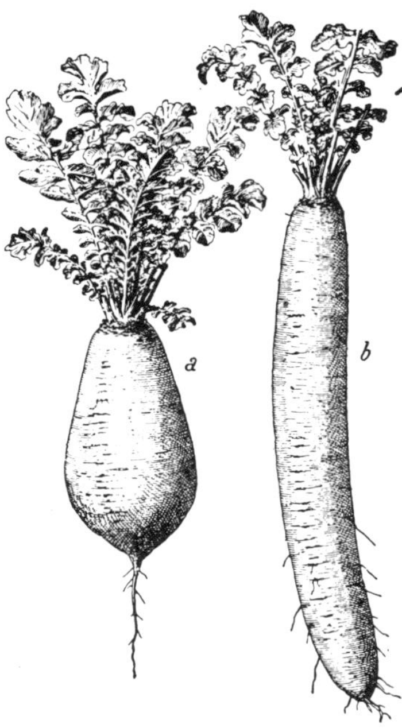

L'EXPÉRIENCE DITE « DES TROIS BETTERAVES »

Dans le dessein de tirer au clair le rôle de la dentition, Pasteur arracha toutes les dents de Victor Hugo, lequel, dans l'intérêt de la science, se prêta de bonne grâce à l'expérience. Pasteur lui fit alors ingurgiter divers aliments. Le lendemain, les matières fécales de l'illustre vieillard présentaient l'aspect caractéristique qu'immortalise la gravure ci-dessus, prise sur le vif par Delacroix. La preuve était faite ! Les dents servent à mâcher la nourriture.

L'HÔPITAL AUTREFOIS

Aux temps de l'obscurantisme, la maladie était considérée comme une juste punition des péchés. Les malades étaient placés dans la position ci-dessus, qui offrait le double avantage d'économiser la place et les draps et d'offrir une cible de choix aux quolibets des gens bien-portants.

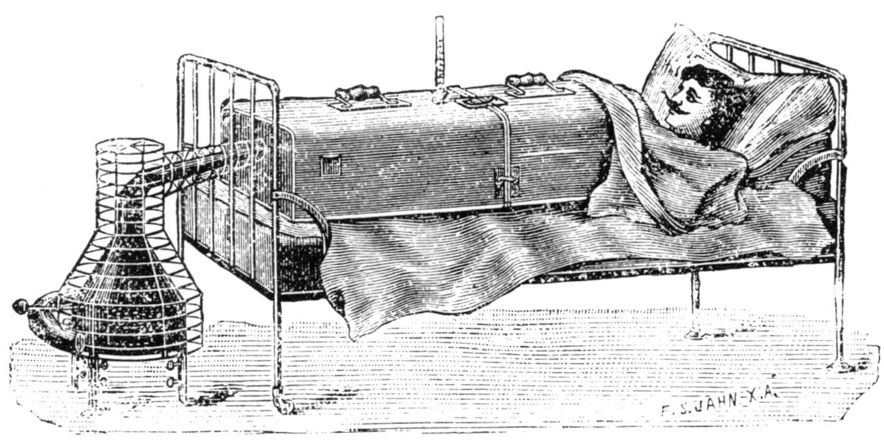

L'HÔPITAL AUJOURD'HUI

Grâce à la science et à la sécurité sociale, l'hôpital moderne présente un spectacle bien différent ! L'appareil perfectionné que nous voyons ici récupère la chaleur émise par ce grand fiévreux et l'utilise pour alimenter le poêle qui chauffe la salle commune.

La greffe du cœur

Un des plus étonnants progrès de la médecine moderne est la greffe d'organes, en particulier la greffe du cœur. Qui mieux qu'un éminent spécialiste mondial de cette difficile mais exaltante discipline était mieux qualifié pour nous en expliquer la technique ? Nous passons donc la plume au célèbre docteur Tant-Pis.

La greffe du cœur est à l'ordre du jour. Je suis heureux d'avoir l'occasion d'aborder un sujet pour lequel je suis particulièrement qualifié.
J'ai moi-même pratiqué plus de cent cinquante greffes du cœur. Je puis vous dire que c'est très difficile. Très délicat. J'avais le trac à chaque fois, mais je me disais hardi p'tit gars, un bon coup de rhum et vas-y. C'est que si l'on rate, on fait rire de soi, et ça, je n'aime pas du tout.
J'étais doué. Un doigté... Si seulement un de ces cochons-là, je ne dis même pas deux, un seul, si un seul avait survécu, il pourrait vous le dire.
La greffe, c'est ingrat. On est bien mal récompensé. Pas tellement la greffe elle-même, plutôt après. C'était pourtant du rhum premier choix. Du Négrita, même. Le confrère d'Afrique du Sud, je voudrais savoir à quoi il marche. Au whisky, je pense. Une saleté. Surtout le faux whisky d'Afrique du Sud. Remarquez, je n'ai jamais désespéré. Si j'avais pu continuer, je suis SÛR qu'il y en a un qui m'aurait donné cette joie ! Je n'aurais pas vécu en vain. Un qui aurait survécu. Disons, le temps d'aller jusqu'aux toilettes et de glisser. Le coin du lavabo, ça ne pardonne pas. Et c'est moins contestable que la pneumonie. Ou que la vésicule. La vésicule... Je vous demande un peu ! Dommage qu'on m'ait flanqué à la porte trop tôt. Une injustice pure et simple, car jamais je n'ai tenu le volant en état d'imprégnation alcoolique. Des jaloux.

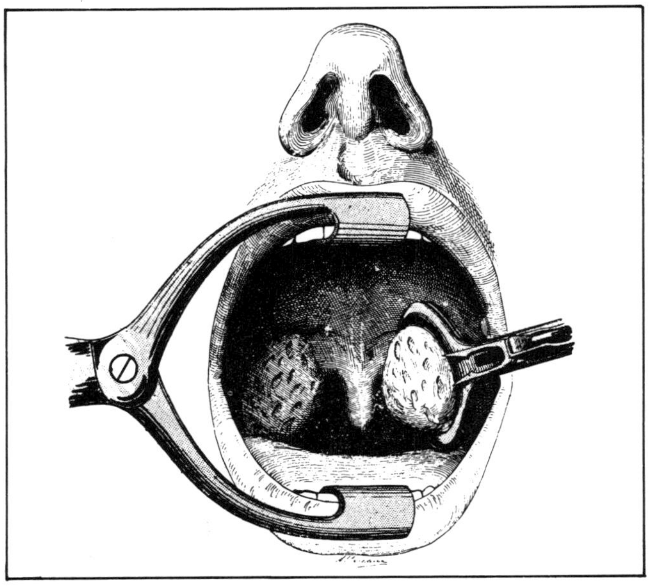

Pendant qu'on greffe un cœur d'une main, de l'autre on peut cueillir les fraises.

Un jour, j'ouvre mon bonhomme. Compresses. Le cœur file se cacher tout au fond, derrière un machin flasque avec des haricots au jus dedans. Mais je l'avais repéré. Je l'attrape de la main gauche. Ça glisse. Mouchoir. Un cœur, quand il n'y a plus les côtes, ça saute, c'est un spectacle à voir. Pas facile du tout. Scie à aorte. (C'est comme une scie à bûches, mais pour les aortes.) Je scie l'aorte. Je vise mal, je lui coupe une oreille. Compresses. Je m'acharne. Ce tremblement dans les mains m'agace. Rhum. J'arrache l'aorte avec les dents. Compresses. Compresses, nom de Dieu ! Et un seau. J'attaque l'autre artère, la vicieuse, celle qui passe par derrière. A tâtons. Bistouri numéro huit. Je me coupe. Ça fait très mal. Sparadrap. Je garde un doigt sur le trou. Rhum. Je suis en nage. Mouchoir. Je coupe le dernier bout. Le cœur saute au plafond et court partout comme un crapaud. Épuisette numéro cinq. Le bas personnel s'en occupe.
Moi, je cours à l'autre bloc opératoire, le porte-greffe attend. Rhum. J'ouvre. Compresses. Voir plus haut. Un brio infernal. Maquilleuse. Raccord fond de teint pour la télé. Sourire las. Travelling avant. Zitrone est sublime. Bon. Deuxième partie... Là, le trou. Le greffé, c'est celui de droite, ou l'autre ? Absence. Rhum. Rhum. Rhum, rhum, rhum. Tant pis, au hasard. Aiguille numéro deux. Catgut. Je raccorde. Aiguille numéro six. Catgut. Je referme. Catgut doré pour emballage cadeau. Je fignole une rosette avec un tortillon joli. C'est fait. En tout, dix-huit minutes, quarante-trois secondes, deux dixièmes. Rhum. L'infirmière me colle le goulot sous le masque. « Soufflez. » Je souffle. Machinalement. La bouteille gonfle. C'est un petit ballon rose. Maintenant, il est vert. « Alcool. Suivez-nous. » L'infirmière enlève son masque, elle a des moustaches, c'est un flic. Voilà comment on devient le docteur Tant-Pis dans un journal de bas étage. Je me rase une fois par semaine, j'ai l'haleine chargée de péchés, l'œil rose, les éléphants aussi, si bien que je les vois blancs, rien à dire, c'est correct. Tout ça pour vous dire que je sais de quoi je parle.
La greffe du cœur nécessite une organisation de premier

ordre. Et aussi un matériel énorme. Rien que les blocs opératoires : il en faut cent trente-deux. Un pour le malade à greffer, un pour le cadavre à dégreffer, cent trente pour barrer la rue devant la porte de l'hôpital, juste après le virage. On ne peut commencer à ouvrir le malade que lorsqu'on entend le cadavre se fracasser en voiture de sport contre le tas de blocs opératoires. Une seconde avant, il n'était pas encore cadavre, mais il était bien le seul à croire ça. A partir de là, les choses doivent aller très vite. Forcément.

Et après qu'on s'est donné tout ce mal, bien souvent on s'aperçoit que le cœur greffé n'a pas la bonne pointure. Un cœur trop petit, la peau fait la grimace, c'est vilain. Un trop gros, ça fait une bosse sous le pull-over. Il faut attendre le prochain cadavre. Pas trop longtemps. Il est dangereux de faire de l'auto-stop avec la poitrine béante et pas de cœur dedans.

En tout cas, si vous passez en voiture près d'un hôpital, méfiez-vous. Derrière les murs, les chirurgiens guettent votre beau cœur tout frais.

La généralisation de la greffe du cœur va donner à l'économie mondiale une impulsion dont on peut dire qu'elle tombe à pic. Déjà, dans certains secteurs, le chômage régresse à la vitesse d'un cheval au galop. Par exemple, chez les secrétaires de direction. Vous avez sans doute remarqué que, depuis quelque temps, les Présidents-Directeurs Généraux ne sortent jamais sans avoir, au bras, une secrétaire jeune et fringante. Elle les accompagne partout. En voiture, elle est à côté d'eux, à la « place du mort ». Le PDG sent-il son infarctus tirer la sonnette d'alarme, vite il envoie la Cadillac dans le platane, la secrétaire meurt, le chirurgien sort du coffre. Dix minutes après, le PDG a un cœur de vingt ans. C'est pourquoi les PDG qui engagent une secrétaire commencent par lui palper les cuisses : les cuisses plus ou moins fermes reflètent l'état du muscle cardiaque.

Une autre conséquence heureuse de la greffe est l'abolition des barrières racistes. Même les pays où il est interdit de transfuser à un blanc du sang de non-blanc ont proclamé l'égalité de tous devant la greffe, et les prêtres des différentes confessions ont béni ce beau jour. Ils ont bien fait, car si l'on est à peu près sûr de toujours trouver du sang de blanc, il peut se faire par contre que l'unique cœur jeune et solide qui soit disponible au moment voulu provienne d'un ex-propriétaire noir. Tous les cœurs sont rouges et c'est bien ce qui prouve la bonté de Dieu. Les difficultés reparaîtront quand on en viendra aux greffes de membres, mais sûrement on trouvera une solution.

Enfin, la guerre. Finie l'inhumaine et stérile tuerie ! La guerre deviendra une utile tuerie. Des chirurgiens suivront les troupes d'assaut pour prélever vite fait les cœurs des morts et les envoyer par jet-frigo spécial à New York où les magnats à infarctus attendront allongés sur les blocs opératoires en lisant des illustrés. Comme ça, au moins, la belle jeunesse saura pourquoi elle meurt, ce qui est toujours bon pour le moral.

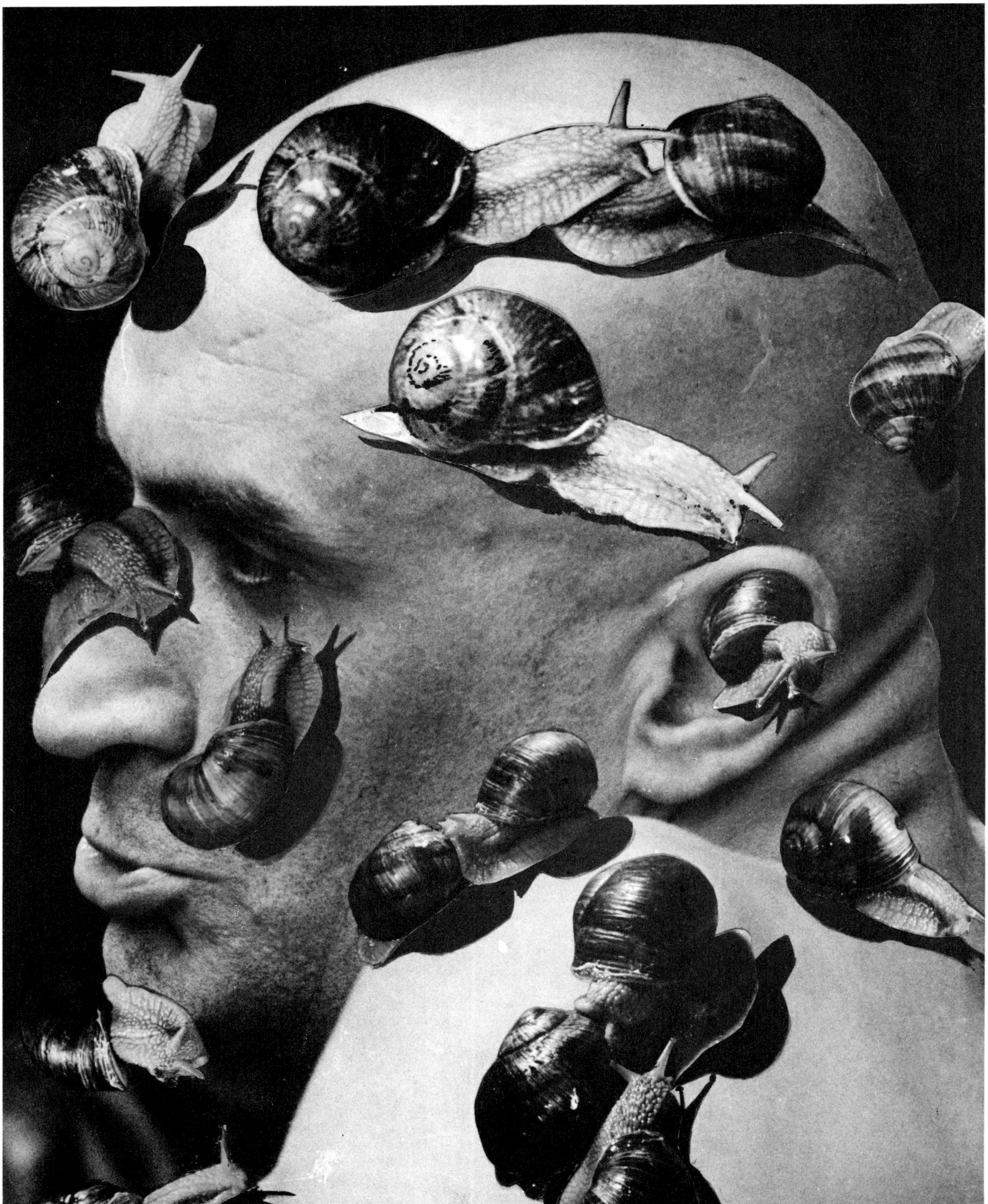

LES CHOSES DU SEXE

LES LACHES

Ils boivent pour se donner du courage. Ils ont appris la technique du viol dans « Détective », « France-Dimanche » et le « Parisien Libéré ». Ils sont fin prêts. Sauf en ce qui concerne la phase ultime de l'opération, car ce sont des cancres qui séchaient les cours d'éducation sexuelle, au lycée.

Le viol

La présente Encyclopédie est une encyclopédie convenable. Il est cependant des sujets qu'elle ne peut ignorer, aussi déplaisants soient-ils. Il est trop facile de liquider l'atroce problème du viol en disant : « Toutes des salopes! » Certes. Mais encore?

Le dilemme du viol. De deux choses l'une : ou bien la violée est frigide. Dans ce cas, c'est comme si rien ne s'était passé, et de quoi viendrait-elle se plaindre ? Ou bien la violée n'est pas frigide. Dans ce cas, elle devrait plutôt remercier le bon Dieu. Mais, me direz-vous, elles n'ont pas la tête à ça dans un pareil moment. Alors, c'est tant pis pour elles. Elles n'ont qu'à être un peu plus à ce qu'elles font.

Rien n'est plus distrait qu'une femme qu'on viole. Vous demandez le signalement de l'ignoble individu, elle vous répond :
– C'est un grand brun, très pressé, qui embrasse bien.

Quelques précautions simples :
Dès que vous êtes sur le point d'être violée, sonnez le tocsin.
Ayez toujours sur vous une botte de paille. Ça n'évite pas, mais ça adoucit.

J'ai fait une expérience.
J'ai mis une minijupe à un réverbère. En l'espace de cinq minutes chrono, le réverbère a été violé six fois. Sous mes yeux.

J'ai fait la contre-expérience. J'ai mis une jupe longue au réverbère. Il n'a été violé qu'une seule fois en cinq minutes : par M. Michel Debré. La conclusion s'impose, éclatante : la minijupe éveille les bas instincts. La jupe longue exalte les sentiments élevés.

La minijupe est un puissant catalyseur biologique. Des observateurs sagaces ont remarqué que la présence d'une minijupe séchant sur un fil stimule considérablement l'instinct génésique des taureaux, chiens, béliers, boy-scouts et autres animalcules broutant dans la campagne.
La vue d'une minijupe en bonne santé transforme immédiatement un individu raisonnablement cochon en obsédé sexuel.
En conclusion : il faut réserver le port de la minijupe aux hommes, exclusivement. Ou alors, il faut que les femmes acceptent d'assumer les conséquences de leurs provocations.
Jusqu'au bout, inclusivement.

APRÈS L'HORREUR, LE PRINCE CHARMANT

Les violées veulent toujours épouser leur sauveteur. Tous les médecins le savent. D'où la règle : se tenir derrière la violée, comme fait cet agent.

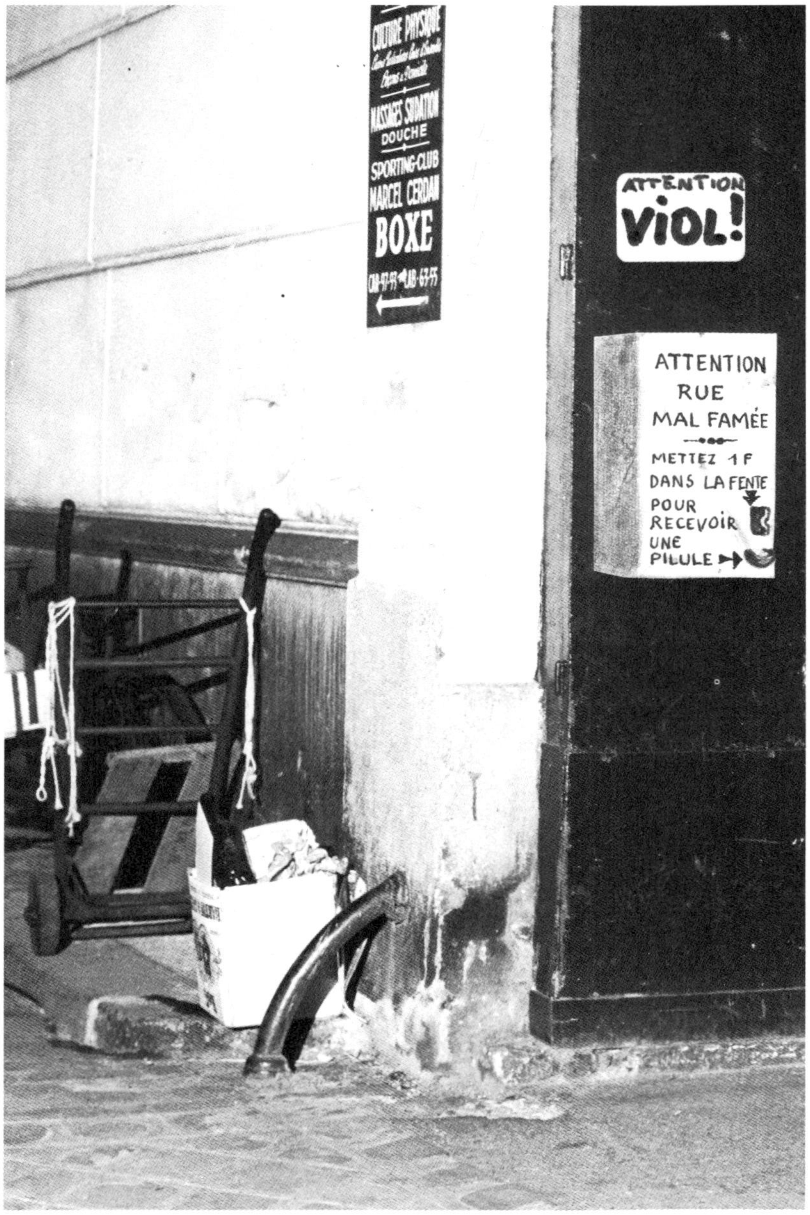

LE REMEDE : LA PILULE.

Le Préfet de Police a fait poser, à titre d'essai, des distributeurs de pilules à l'entrée de plusieurs rues mal famées de Paris. Ainsi les pères de famille n'auront-ils plus l'excuse, pour battre leurs enfants, de les accuser d'être les fruits du viol.

ELLES NE SERONT JAMAIS PLUS DES FEMMES COMME LES AUTRES

Elles ont été violées autrefois, il y a bien longtemps. Plus jamais leur regard ne sera clair, plus jamais leur bouche ne sourira. C'est bien triste.

CE QU'IL NE FAUT PAS FAIRE

Se vêtir de façon provocante.

CE QU'IL FAUT FAIRE

Barricader soigneusement tous ses accès.

C'EST LA FAUTE AUX COMPLEXES

L'Académie de Médecine est formelle : 95 % des violeurs rougissent en commettant leur forfait. Conclusion : les violeurs sont de grands timides. Ils font ça pour se donner une contenance.
Les 5 % qui restent sont des pickpockets qui ne violent que pour détourner l'attention de la femme pendant qu'ils lui font les poches. Ils sont peu intéressants. Nous ne nous occupons que des satyres sincères. ▶

MINISTÈRE DE LA POPULATION
ET DE L'URBANISME

PREMIERS SECOURS AUX VIOLÉES

Tout citoyen doit être à même de donner les premiers secours à une personne victime de viol. En attendant que le matériel spécial soit mis en place, les sauveteurs sont autorisés à utiliser le matériel de secours aux noyés.

1. Commencez par faire reculer la foule.
2. Attendez que l'odieux agresseur ait terminé. Un mauvais coup est vite attrapé.
3. Priez l'odieux agresseur de cesser de remuer, le temps que vous preniez une photo.
4. Traînez la violée dans le caniveau afin de ne pas gêner la circulation sur le trottoir ni sur la chaussée.
5. Arrachez tous les vêtements de la violée. Les violées ont besoin d'air.
6. Ne jamais faire du bouche-à-bouche à une violée. Elle sort d'en prendre.
7. Ne jamais donner d'alcool à une violée. Elle se mettrait à raconter à voix de stentor l'horrible attentat, avec les gestes. Il peut y avoir des enfants qui regardent.
8. Ne jamais écouter le cœur d'une violée pour savoir si elle vit : vous vous couvririez de boue. Enfoncez-lui plutôt votre parapluie dans l'œil.
9. Attention aux simulatrices, qui crient au viol pour faire la quête après. Les vraies violées portent des traces de semelles à clous sur le ventre et sur la figure. Si les traces sont peu profondes, vous avez affaire à une lâche qui ne s'est pas assez débattue.
10. Sous l'effet du choc nerveux, les violées prononcent souvent des paroles incohérentes, telles que : « Encore ! », « Mon grand fou chéri ! », « Vous venez souvent violer ici ? », etc. Respectez leurs souffrances.
11. Si, malgré tous vos soins, la violée ne revient pas à elle, jetez-lui une bouée, à tout hasard. Après tout, c'est peut-être une noyée.
12. Quand la violée demande « Où suis-je ? », laissez-la deviner, ça l'amusera.
13. Quand la violée vous dit « Mon sauveur ! », répondez « Je n'ai fait que mon devoir ». Si elle ne dit rien de tel, rappelez le violeur.
14. Assurez-vous que, sous le choc, la violée n'est pas restée sourde. Prenez ses papiers d'identité dans son sac et appelez-la de toutes vos forces par son nom, suivi de son adresse et de la profession de son mari ou de ses parents.
15. Afin que les enfants, dans les rues, la plaignent et la respectent, tondez-la et écrivez JUST VIOLED sur son crâne.
16. Promettez-lui que vous reconnaîtrez l'enfant. La première émotion passée, vous aurez tout le temps de réfléchir. L'essentiel, c'est qu'elle cesse de gueuler.
17. Si elle pleure « Je suis flétrie à tout jamais », dites-lui avec conviction : « Mais non ! Vous pouvez redevenir une femme comme les autres. Tenez, je connais une maison, en Amérique du Sud... »
18. Quand vraiment vous ne savez plus quoi lui faire et que vous sentez que vous allez commencer à vous ennuyer, appelez les pompiers.

Orgie
(comment organiser une)

Août, c'est le mois de la revanche.
En août, tous les maris sont célibataires. Madame est à la mer, avec les enfants. Vous, vous êtes resté, malgré la chaleur, la solitude, les assiettes à laver... Les affaires, n'est-ce pas ? On ne fait pas ce qu'on veut.
Alors, vous avez bien droit à une petite compensation, non mais des fois.
Tout au long de l'année, vous êtes fidèle. Strictement. Exemplairement. Fidèle à votre femme, fidèle à votre maîtresse, fidèle à votre secrétaire. C'est beau, ça. Tout le monde ne peut pas en dire autant. Il faut savoir être sérieux, dans la vie, quand on veut arriver à quelque chose.
Bon. Mais voici août.
Août, c'est le mois de la revanche.
Depuis toujours, vous vous dites, entre hommes : « En août, quand on sera tout seuls, faudra qu'on organise une petite orgie entre copains. » « Oh, oui ! Oh, oui ! » s'écrient les autres. Et août arrive, et août s'en va, et rien.
Vous savez ce que c'est, c'est comme pour repeindre la cuisine : c'est toujours pour dimanche prochain. Total, les années passent, et la cuisine, c'est les locataires d'après vous qui la repeindront.
Eh bien, non ! Cette année, vous oserez. Votre petite orgie, vous vous la ferez. Ce n'est pas la mer à boire. Suivez seulement nos conseils.

Si vous voulez une orgie réussie, faites boire les filles. Très grand seigneur : le champagne dans la chaussure.
Remarque : la bière mousse plus que le champagne et ça coûte moins cher.

1 – le local

■ Avant tout, bien vous mettre d'accord. Où se fera l'orgie ? Chez vous ? Plutôt pas, si vous pouvez l'éviter. Plutôt chez le copain qui est le mieux logé. D'abord, c'est excitant, un appartement plein de choses qu'on ne connaît pas, et puis les spécialistes ont remarqué que l'on goûte plus pleinement les joies de l'orgie lorsqu'on salit l'appartement d'autrui que lorsqu'on veille à ce qu'autrui ne salisse pas votre appartement.
Finalement, l'orgie aura lieu chez quelqu'un. C'est à ce quelqu'un-là que s'adressent ces conseils et c'est à lui que, désormais, je dis « vous ».

■ Donc, l'orgie se fait chez vous.
Avant de vous lancer dans les dépenses, réglez une fois pour toutes avec les autres la question du partage des frais. Pour simplifier, vous avancez l'argent, mais vous notez tout et on verra après. Gardez les tickets de caisse du Prisunic. Vous savez ce que c'est : après le plaisir, on trouve que c'est trop cher pour ce que c'était.

■ Faites le ménage. Il ne faut pas que vos collègues puissent penser que c'est mal tenu, chez vous. Le mieux, évidemment, serait de faire refaire les peintures juste avant. Mais vous aurez du mal à faire figurer la note du peintre sur la liste des frais communs. Alors, contentez-vous de cacher les taches avec des pages en couleurs de « Playboy » ou des photos de votre maman.

■ Décorez votre appartement. Il faut donner une ambiance de luxe effréné, un peu décadent, genre Rome impériale, si vous voyez ce que je veux dire. Si vous avez mis de côté les machins qui décoraient le sapin de Noël, vous avez déjà une bonne base de départ. Découpez des guirlandes dans du papier, fixez au mur de jolies devises amoureuses dans des cadres de carton en forme de cœur. Confectionnez des couronnes de fleurs artificielles pour en ceindre le front des convives.

■ Prévoyez des patins de feutre : autant de paires que d'invités, et même une ou deux de plus à cause de l'imprévu. Placez-les près de la porte d'entrée et veillez à ce qu'on les utilise, sans quoi ils vont tout vous cochonner. Mettez des housses en plastique sur les canapés et les fauteuils. Si vous n'avez pas de housses, mettez des vieux journaux. Otez le beau dessus de lit que la tante Denise vous a offert pour votre mariage et rangez-le dans l'armoire.
Cachez l'argenterie et tous les bibelots un peu précieux.

■ Achetez des verres et des assiettes de carton pour ne pas risquer d'ébrécher le service de cristal ni le Limoges. Et puis, il y a les microbes.

■ Il peut arriver que votre femme vous ait laissé le grand-père à garder, ou le chien. Pour le grand-père, en général il est paralysé. Il ne peut pas parler, donc aucun danger. Si toutefois son regard vous gêne, tournez-le vers le mur. S'il n'est pas paralysé, enfermez-le à la cave comme par mégarde. En ce qui concerne le chien, enfermez-le sous l'évier, sauf si vous avez prévu un rôle pour lui dans le programme.

Pour dégeler l'atmosphère et créer le climat propice aux abandons : la danse du tapis.

2 – les filles

■ Ça, c'est facile. Parmi vos copains, il y a bien un gars qui connaît plein de filles. On a toujours un copain qui connaît plein de filles. Dès que vous avez parlé d'orgie, tout le monde s'est écrié : « Faut demander à Jean-Lou, il connaît plein de filles. » Alors, voilà, Jean-Lou amènera toutes les filles qu'il connaît, le plus de filles qu'il connaît possible. Il n'y en a jamais trop. Tâchez qu'il y ait une négresse et une Chinoise. Tâchez aussi qu'il y ait un couple de lesbiennes, ça fait toujours rire. Mais attention, évitez les pédérastes, même déguisés en filles : il y a des gens qui ne supportent absolument pas ça, surtout après manger.

■ S'il vient peu de filles ou même une seule fille, il faudra prévoir des jeux de société pour ceux qui attendent leur tour : loto, belote, ou le train électrique du petit.

■ S'il ne vient aucune fille – Jean-Lou était peut-être un petit peu surfait – demandez à la concierge de monter. Mais il faudra que l'un de vous se dévoue pour garder sa loge.

■ N'oubliez pas de bander avec soin les yeux des filles à l'arrivée et au départ. Faute de quoi vous risqueriez, dans quelques mois, de trouver des bébés sur votre paillasson.

■ Attention à l'âge ! Avec une mineure, vous savez ce que ça va chercher ! Sans compter le scandale, et votre situation, et l'exemple pour votre propre fille. Exigez les extraits de naissances.

■ Tâchez qu'il y ait une pucelle. Ça apporte une touche émouvante et fraîche. Surtout si elle sait pleurer juste assez et juste au bon moment. Les vraies pucelles sont toujours présentées par leurs parents. Il y a des pucelles très douées, mais naturellement elles sont très recherchées. Il faut prendre rendez-vous longtemps à l'avance. Elles viennent pour cinq minutes, et hop, elles filent ailleurs. J'ai connu une pucelle qui faisait ses dix orgies par soirée. Après quarante-huit ans d'exercice, elle a pu s'acheter avec ses économies une cathédrale gothique bien achalandée dans l'île de la Cité et elle vend des souvenirs devant la porte.

Si les filles ne comprennent pas très bien ce que l'on attend d'elles, envoyez le plus habile séducteur d'entre vous pour leur expliquer.

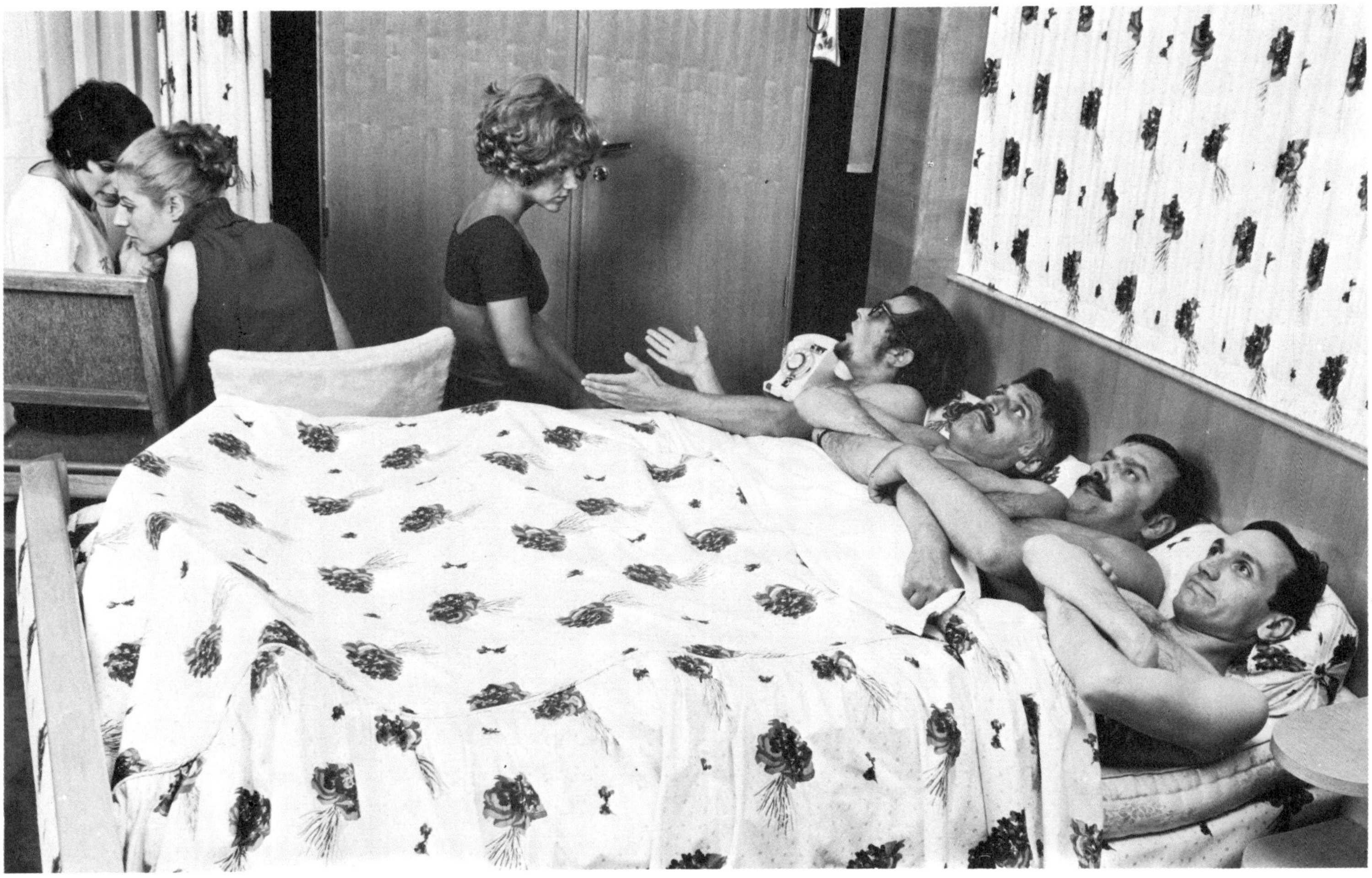

Si elles s'obstinent à ne pas comprendre, adoptez une attitude qui ne laisse place à aucune équivoque quant à vos intentions.

■ Les filles seront des filles modernes, émancipées sexuellement, larges d'idées, sans préjugés poussiéreux, mutines et maternelles tout à la fois, très spontanées et très expertes. Mais attention, pas la pute ! Dès qu'on sait que ce sont des putes, ça casse l'ambiance, c'est trop service-service. On n'a plus la poésie de l'amour partagé.

3 – l'ambiance

■ Il faut créer un climat propice à l'éclosion des sentiments. Pour cela, quatre facteurs essentiels : la lumière, la musique, les parfums, la drogue. La lumière sera tamisée, mystérieuse, complice. Pas de bougies : en remuant, on risque de mettre le feu à son caleçon. Allez plutôt chiper sur un chantier des lanternes rouges, c'est féerique. Vous pouvez aussi accrocher au plafond une boule scintillante de bal musette : irrésistible.
La musique sera envoûtante. Pas de rock, pas d'hymnes nationaux, pas de tyrolienne. La musique religieuse donne parfois des résultats surprenants. Cachez l'électrophone sur l'armoire pour obtenir un effet plus céleste.

Attention ! Un peu d'alcool favorise les rapprochements, mais un peu trop d'alcool déclenche des effets navrants chez les jeunes filles qui n'y sont pas habituées.

Les parfums : enivrants et exotiques. Faites brûler du papier à tuer les moustiques. Accrochez partout des boules de naphtaline. Ayez sur le gaz un ragoût de mouton un peu attaché avec des clous de girofle dedans, beaucoup de clous de girofle.
La drogue. Il vous faut quelques kilos de stupéfiants variés : LSD, haschich, héroïne, opium. Ça coûte assez cher. Et ça détraque l'estomac. Vous savez, la drogue, c'est surtout une question d'imagination. Des comprimés d'aspirine pilés bien bien fin, ça fait le même effet, si on en prend assez. Comme excitant, rien ne vaut le Banania qui donne du ressort pour la journée : une pincée sur le dos de la main, on renifle, vous m'en donnerez des nouvelles. Et ça a un bon goût de cacao, en plus.

4 – pendant

■ Si vous avez prévu un repas, qu'il soit copieux, mais sans excès de luxe : on n'est pas là pour ça. Pommes de terre en salade, betteraves rouges, œufs durs, harengs saurs, le tout très épicé. Au dessert, des gaufrettes à devinettes, qui favorisent les rapprochements dans une ambiance de bonne humeur. Vins : Postillon 12 degrés supérieur avec de la Quintonine dedans. Il n'y a rien de plus fortifiant.

■ Au début, parlez de choses et d'autres. Puis faites habilement dévier la conversation vers des propos troublants. Mais attention : pas grivois ! Ça casse une ambiance. Restez très homme du monde. N'ayez pas l'air de ne penser qu'à ça. Par exemple, chatouillez votre voisine dans le cou, puis dans le dos, puis plus bas, puis mettez-vous à l'aise. Ou bien jouez à la petite bête qui monte, qui monte... Faites-vous prêter Sade (Jean-Lou possède certainement les œuvres de Sade), vous y trouverez un tas de sujets de conversation.

■ Le cinéma est un puissant catalyseur d'érotisme. Si vous avez un appareil de projection, demandez à Jean-Lou d'apporter des films pornos. Vous pouvez aussi vous cinématographier avec votre femme (à son insu). Si vraiment vous n'avez rien de mieux, projetez un documentaire sur la fabrication du tapioca. L'essentiel, c'est qu'on soit au cinéma. La plupart des hommes n'oseraient jamais effleurer le support-jarretelles d'une femme ailleurs qu'au cinéma.
Si vos invités sont un peu « gelés » et n'arrivent pas à vaincre leur timidité, distribuez des faux nez, des mirlitons, des confettis.
Veillez à ce que tout le monde soit confortable. Vous aurez prévu des points de chute en nombre suffisant : canapé, fauteuils, lit conjugal (3 couples en se serrant un peu, plus un en travers), berceau du petit, baignoire, siège des cabinets... Par terre, il vaut mieux pas : ça fait désordre, et ça couche les poils de la moquette dans le mauvais sens.
Soyez viril. Arrachez les vêtements des filles, déchirez leurs dessous fragiles, c'est toujours flatteur pour une femme. Vous verrez dans leurs yeux se mêler la crainte et l'admiration. Jetez-les pantelantes sur la couche, ôtez proprement vos vêtements, pliez-les avec soin sur une chaise, rangez vos lunettes dans leur étui et ruez-vous sur votre proie.

■ Rentrez le ventre, bombez le torse, ramenez vos cheveux sur l'endroit où il en manque. Présentez-vous toujours de face, à cause des varices. Naturellement, vous aurez eu soin de choisir des copains plus mal bâtis que vous, comme ça vous aurez la plus belle. Si vous avez tellement de ventre que vous n'arrivez pas à le rentrer, soyez le plus intelligent.

5 – de quelques précautions

■ Certaines personnes crient dans le plaisir. C'est flatteur pour le partenaire, surtout devant les copains, mais cela risque d'éveiller l'attention des voisins. Ayez une mobylette à portée de la main. Aux premiers symptômes de volupté, lancez les gaz à fond.

■ Ne laissez pas les filles ouvrir les armoires et essayer les robes de votre femme. On ne joue pas avec ça, c'est sacré. Ce serait salir votre amour. Et puis, il y a les microbes.

■ Une orgie, ça fait beaucoup de déchets. Méfiez-vous, les concierges espionnent les poubelles. Fourrez les épluchures, les dessous déchirés, les poils arrachés, les articles en caoutchouc et les autres indices compromettants dans des sacs de papier journal. Chacun en emportera un sous son bras en s'en allant.

■ Au moment des adieux, fouillez discrètement vos invités afin de vérifier si l'un d'eux n'a pas pris de photos pour exercer sur vous un odieux chantage.

■ Règle absolue : faites votre orgie une semaine au moins avant le retour de votre femme. Il vous faudra bien ce temps-là pour effacer les moustaches au crayon à cils et les membres sexuels au rouge à lèvres que vos invitées auront dessinés sur vos portraits de famille et sur les murs, pour dépister les lingeries intimes dans les recoins les plus imprévus et trouver dans quel vase de Chine un immonde et anonyme cochon a fait ses besoins. Attention ! Un seul cheveu de femme qui échappe à vos investigations, et vous êtes FOUTU !

■ Enfin, quand tout sera en ordre, développez tranquillement les photos que vous aurez prises et qui vous permettront d'exercer sur vos invités un odieux chantage.

Il peut arriver que tant d'efforts donnent d'étranges résultats. C'est la glorieuse incertitude de l'orgie.

Vous allez bien rire : j'ai tout perdu au tiercé.
J. Pelissier del.

LA VIE SOCIALE

COUPLE RÉGULIER	COUPLE IRRÉGULIER

Les concubins

Il faut avoir le courage de le dire : la France détient le triste record des couples irréguliers. Cette honteuse maladie ronge les forces vives de la nation. Nous sommes la risée de l'étranger. Si nous ne réagissons pas, vite et fort, nous ne répondons plus de rien.
Les statistiques sont formelles. Beaucoup de couples que vous saluez poliment, que vous invitez peut-être à votre table, sont des couples irréguliers. Ils trompent votre confiance et sèment parmi les vôtres le cynique exemple de l'illégitimité triomphante.

La honte est cachée sous le lit

Qu'est-ce donc qu'un couple irrégulier ?
Un couple régulier est formé d'un ÉPOUX et d'une ÉPOUSE.
Un couple irrégulier est formé d'un CONCUBIN et d'une CONCUBINE.
Comment se constitue un couple irrégulier ?
Il nous faut ici, nous nous en excusons, faire un peu de biologie comparée.
L'espèce humaine, comme chacun sait, appartient à l'embranchement des vertébrés vivipares par temps sec, à mamelles oscillantes et à testicules cloisonnés, largement hétérosexués d'est en ouest sauf prescription du médecin traitant, superposables deux à deux dans le sens de la longueur suivant les besoins du stockage et la hauteur du plafond. Ils s'accouplent en formant un système à symétrie bilatérale de part et d'autre d'un axe horizontal A B orientable suivant les lignes de force du champ magnétique terrestre et escamotable dans la journée, qui passe sensiblement par les centres de gravité des composants lorsque le lit est assez large et qu'il y a eu du steak au poivre pour le dîner. Ce qui, en clair, signifie que le mâle, vienne la saison des amours, demande un jour de congé à son patron et offre à manger à un tas de types afin qu'ils constatent, au dessert, que c'est bien la jeune fille en blanc qu'il emporte dans ses bras pour l'honorer de son coït et non la belle-mère ou le colonel. Cette cérémonie, où les symboles abondent, s'appelle le **mariage.** Elle sanctionne la formation d'un couple dit **légitime** ou **régulier.**
A côté de ce processus classique, il existe un processus aberrant dont le résultat est la formation d'un couple **illégitime** ou **irrégulier.** La cérémonie est ici différente et son

COUPLE RÉGULIER

COUPLE IRRÉGULIER

décorum un peu plus sommaire. Toute sa symbolique tient en un geste essentiel : le mâle ferme un œil et fait un léger signe de tête en direction d'une porte où se lit le mot « Hôtel » en lettres généralement lumineuses. Suivant les circonstances, cette porte peut être remplacée par une botte de paille, une brouette ou un coin de bureau semi-ministre. Cette cérémonie s'appelle **mise en ménage.**

La mise en ménage et, conséquemment, les couples illégitimes, sont des monstruosités qui font injure à la nature. Dans leur comportement comme sur leur visage, les couples illégitimes portent les stigmates de l'anomalie et du dérèglement. Il n'est que de comparer leurs façons avec celles des couples normaux pour mesurer l'abîme qui les sépare (voir tableau ci-dessous).

Couples, testez-vous

COUPLES LÉGITIMES	COUPLES ILLÉGITIMES
GENRE DE VIE	
Habitent dans leurs meubles.	Habitent en garni.
Se nourrissent de gigot aux flageolets et de tarte aux pommes faite à la maison.	Se nourrissent de frites en cornets et de pastilles de menthe.
Envoient leurs enfants chez les bons Pères.	Abandonnent leurs enfants dans les poubelles.
Achètent à tempérament.	Font des dettes partout.
Pratiquent le coït dans le lit conjugal et seulement là.	Pratiquent le coït sous les portes cochères, sur les bancs publics, en voiture, dans un piano, sur une échelle de corde et, en général, partout où ça peut être rigolo.
Pratiquent le coït parce que la France a besoin d'enfants.	Pratiquent le coït parce que c'est rigolo.
CULTURE	
Vont au cinéma.	Font l'amour
Vont au musée.	Font l'amour.
Vont au concert.	Font l'amour.
Vont aux cours de la Sorbonne.	Font l'amour.
Lisent la « Critique de la raison pure ».	Font l'amour.
VACANCES	
Vont à la montagne, à la mer, à la campagne, ou restent chez eux.	Vont faire l'amour à la montagne, à la mer, à la campagne, ou restent faire l'amour chez eux.

COUPLES LÉGITIMES	COUPLES ILLÉGITIMES
CONFORT	
L'époux porte des pantalons toujours soigneusement reprisés.	Le concubin porte toujours un costume neuf.
L'époux prend le métro pour laisser la voiture à sa femme.	Le concubin a une voiture de sport pour emmener promener sa concubine.
L'époux s'attarde au bistrot les soirs de paye.	Le concubin s'attarde au bistrot tous les soirs.
L'épouse a un vison.	La concubine a un bleu sur l'œil.
L'épouse porte des culottes de laine bien chaudes.	La concubine porte des dessous strip-tease.
L'époux fait la vaisselle.	Le concubin lutine sa concubine pendant qu'elle fait la vaisselle.
L'épouse se met des bigoudis avant de se coucher.	La concubine se met du rouge à lèvres avant de se coucher.
Dorment en pyjama de nylon.	Dorment tout nus.
Ont un pot de chambre à leur chiffre en argent repoussé.	Urinent dans le lavabo.
PSYCHOLOGIE	
S'appellent « chéri » et « chérie » ou « mon ami », « mon amie ».	S'appellent « mon gros gnougnou-bisou-bisou » ou « sacrée salope ».
L'épouse cherche des lettres d'amour dans les poches de l'époux.	La concubine glisse des lettres d'amour dans les poches du concubin.
SANTÉ	
Ont du ventre.	Ont les yeux cernés.

Effets néfastes du concubinage sur l'organisme

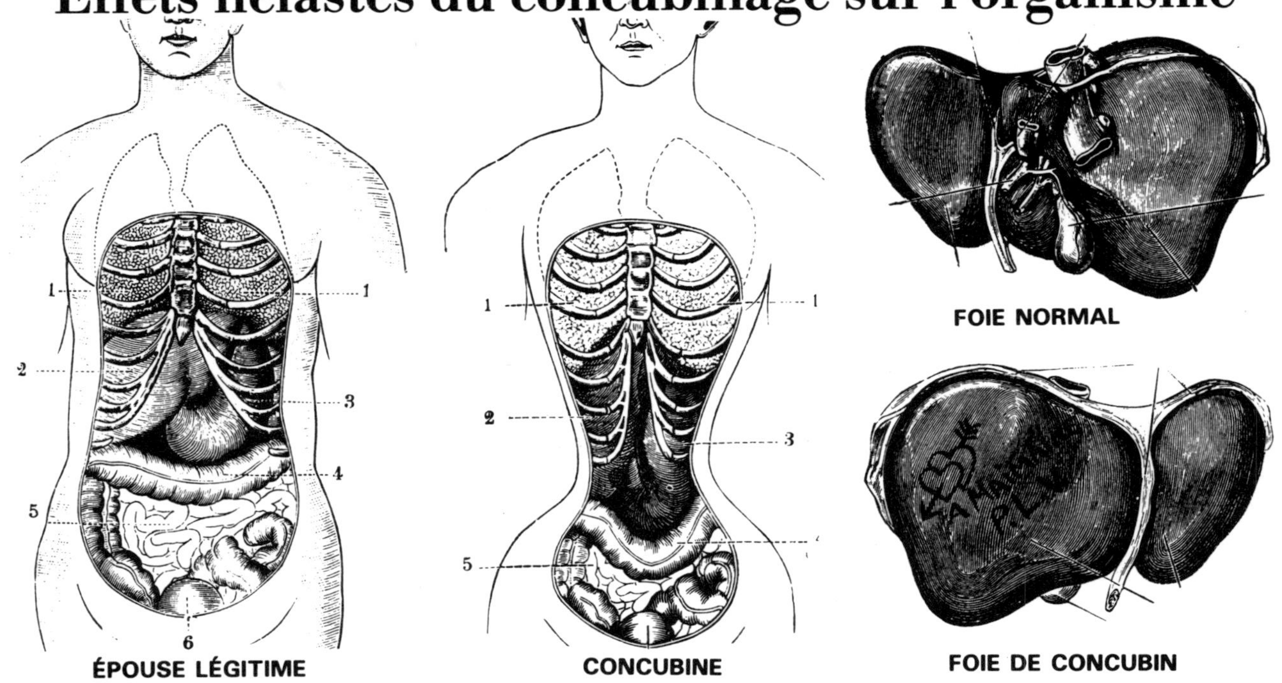

Effets sur la descendance

Les couples irréguliers ont parfaitement conscience de leur indignité. Même quand ils se croient seuls, un troisième personnage est toujours avec eux : la honte. C'est pourquoi ils baissent continuellement les yeux, rasent les murs, se laissent marcher sur les pieds. Ils touchent les allocations familiales d'un air gêné, en détournant la tête. Ils font un crochet pour éviter les mairies et les églises, ainsi que les bijouteries, à cause des alliances.

Le Ciel bénit rarement de telles unions, ou alors c'est par inadvertance. Les couples concubinaires sont donc stériles, comme les mulets. Si, par le plus déplorable des hasards, une concubine se révèle enceinte, son augmentation de volume est beaucoup moins ample que celle d'une honnête femme. Le produit d'un accouchement concubinal n'est pas un enfant, mais un **bâtard.** C'est bien fait.

Les bâtards sont nettement moins réels que les enfants légitimes. Leurs contours sont flous, leur substance légèrement transparente. Ils ne projettent pour ainsi dire pas d'ombre, pèsent sensiblement moins lourd que le volume d'eau qu'ils déplacent et sont indétectables au radar. On voit au premier coup d'œil qu'ils ne sont pas faits pour vivre vieux. Ils ont de grands yeux intelligents, un teint délicat, une tache en forme de couronne royale sous l'aisselle gauche et des millions de nobles cœurs prêts à se faire tuer, mais en vain, pour chasser l'usurpateur et les replacer sur le trône de leurs pères. Ils aiment beaucoup leur jolie maman. A l'Assistance, ils passent leur temps à demander aux gardiens l'adresse de l'hôpital où elle se meurt pour lui porter des roses blanches. On est obligé de les faire taire à coups de pied de lit.

Je vous présente ma concubine

Les honnêtes gens se font, sur les couples illégitimes, des quantités d'idées fausses. Il importe de démystifier le problème. On croit, par exemple, que les concubins connaissent des extases amoureuses d'une intensité et d'une variété que les époux légitimes ne peuvent même pas imaginer. Ceci est absolument faux. Le plaisir des concubins est entièrement gâché par la voix de leur conscience qui leur reproche sévèrement leur vilaine conduite. On oublie trop facilement de quelles humiliations se paient les ivresses de l'illégitimité. Malgré tout leur cynisme, les irréguliers n'osent pas prononcer certains mots. L'époux présente l'épouse en ces termes : « Ma femme ! » Mais avez-vous déjà entendu quelqu'un dire fièrement : « Ma concubine » ? Jamais. On rougit, on dit : « Je vous présente mon amie » ou « ma compagne », à la rigueur « ma conjointe ». C'est lamentable.

Les étapes d'une déchéance

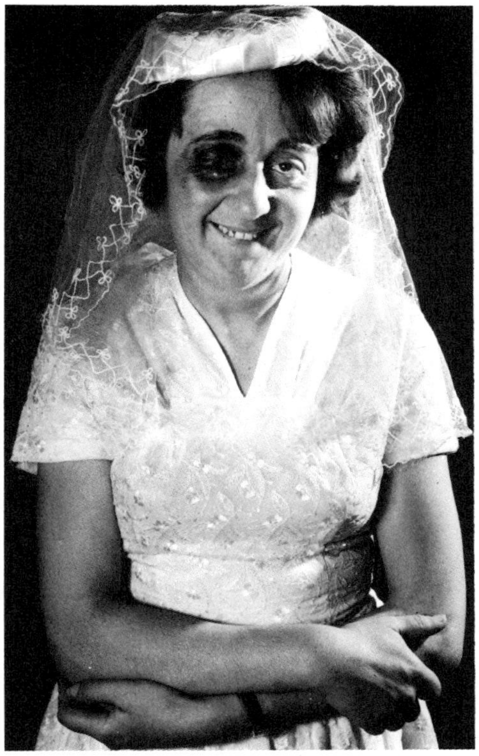

1re GÉNÉRATION
(couple légitime)

2e GÉNÉRATION
(concubinage)

3e GÉNÉRATION
(concubinage - à ce stade, l'union est stérile)

Certains auteurs vantent la tendresse des couples illégitimes. « Ils ne se quittent jamais, vont partout étroitement enlacés, bouche à bouche, yeux dans yeux, en se balbutiant des mots passionnés ! » Eh bien, non. S'ils ne se quittent pas, s'ils s'enlacent étroitement, c'est parce que chacun d'eux a toujours peur que l'autre ne fiche le camp avec l'argent du terme. Ce qu'ils balbutient, c'est : « Si tu ne m'aimes plus, je te tue, je me rate et je vends mes mémoires à « France-Dimanche ». » Et s'ils ont les yeux dans les yeux, c'est pour être sûr de tirer le premier.
Mais les plus graves méfaits du concubinage ne sont pas là. Le concubinage, comme l'alcoolisme, est un très grave danger à l'échelon national de par les effets néfastes qu'il provoque : **a**) sur la santé de l'individu, **b**) sur l'avenir de la race. Les tableaux, cartes et graphiques que nous reproduisons ici font apparaître avec une tragique éloquence les ravages de cet épouvantable fléau.

Dis-moi qui tu concubes...

Comment devient-on un couple irrégulier ? Par quelle monstrueuse déformation de l'instinct des êtres apparemment humains en viennent-ils à commettre des actes aussi contraires à nos tendances les plus profondes ? Plusieurs hypothèses ont été avancées.
L'homme et la femme normaux sont absolument asexués jusqu'au mariage. Ils ressentent les premières atteintes du désir immédiatement après que chacun d'eux a prononcé le mot « oui » devant un maire régulièrement élu au suffrage universel ou, à la rigueur, devant son adjoint. (A noter que le mariage célébré par un adjoint possède une vertu matrimoniale un peu inférieure. Les mariages par adjoint doivent donc être considérés, strictement parlant, comme légèrement entachés de concubinage. Si la municipalité est à majorité communiste, la perturbation concubineuse peut atteindre 80 % de l'influx nuptial. On fera donc bien, dans ce cas, de procéder à une nouvelle cérémonie dès que la vraie France aura repris possession de la mairie à la faveur d'élections cette fois non truquées, d'invasion allemande ou de toute autre cause propice aux bonnes mœurs.) C'est une première étape. Mais les époux ne ressentent l'émoi nuptial proprement dit dans toute sa plénitude qu'à la seconde même où le prêtre leur passe l'anneau au doigt. Ils deviennent alors, d'un coup, **pubères.** C'est-à-dire qu'il s'opère en eux certaines évolutions anatomiques et physiologiques qui, de petits enfants, les transforment en **adultes.** Certains pseudo-penseurs affirment que la carte d'électeur posséderait les mêmes vertus catalytiques que l'anneau nuptial. C'est faux. Un électeur peut ronfler en dormant. Un homme marié, non.

Si Mme Dassault...

Si vous avez bien suivi ce qui précède, vous comprendrez sans peine qu'un individu capable de ressentir en dehors du mariage une attirance concupiscente pour un individu du sexe opposé est un malheureux anormal. Il n'en conviendra pas volontiers. Sur 8 254 concubins que nous avons interrogés, 3 692 ont prétendu qu'ils avaient choisi le

Les concubins, pour épater la galerie, affectent d'être très satisfaits de leur sort.

péché par timidité, parce qu'ils n'osaient pas demander à leur concubine de leur accorder sa main. 7 001 ont avancé qu'ils étaient sûrs, de cette façon, de ne jamais être cocus. Le reste, enfin, affirma que c'était pour déjouer les calculs des kidnappers : on ne kidnappe pas une concubine. Si Mme Dassault avait été une concubine, elle n'eût pas souffert l'horrible calvaire que l'on connaît. Ces pauvres arguments cèlent mal la vérité. Et la vérité, c'est que le concubinage ne peut fleurir que sur un terrain favorable. L'aspirant concubin est foncièrement pervers. Salace, futile, coquet, rigolard, fantaisiste, c'est un déchet humain incapable de comprendre le sérieux de la vie. Il importe de l'éliminer. Nous verrons comment tout à l'heure. Il y a aussi, hélas, les concubins involontaires. Méfiez-vous des individus vêtus en maires ou en curés qui, dans la rue, vous proposent de vous marier à la sauvette. Ce sont généralement des escrocs. Vous vous croyez mariés et vous n'êtes que concubins. Lorsque apparaissent les premiers stigmates, il est trop tard.

Le concubinage peut prendre une forme épidémique. On a souvent remarqué qu'à une noce régulière il se noue, sous la table, dix ou vingt accouplements irréguliers. Remède : semer sous la table des pièges à loups ou des tessons de bouteille.

Il arrive – rarement – qu'un couple irrégulier guérisse de son vilain défaut. C'est généralement après avoir longuement observé un calendrier ou un mètre de couturière que le couple envisage la possibilité du mariage. On ne saurait trop encourager cette heureuse évolution. Mais un tel couple ne sera tout de même jamais un VRAI couple régulier. Le connaisseur ne s'y laisse pas tromper. Les enfants seront des bâtards et traités comme tels.

La cocotte en sussucre, c'est le doigt dans le déshonneur

Hélas, l'inverse aussi peut arriver, quoique plus rarement encore, heureusement : on a vu des époux parfaitement légitimes évoluer vers le concubinage. Le processus est tel : après un certain temps de mariage, une altération se manifeste dans le langage des époux, d'abord insidieuse, puis de plus en plus flagrante. Des mots parasites (automatisme verbal) s'insinuent dans leurs phrases :

– Reprendras-tu du poulet, ma cocotte en sussucre ?
– Oh oui, la cocotte à son coco, elle aime bien le poulet.
– Qu'est-ce qu'elle fait à son coco-patou-patou, pour la peine, la niounioutte-fifi-tout-plein-câlin-câlin ?
– Un gros bisou-bisou sur la noreille, miam-miam !

Puis les époux – sont-ce encore des époux, à ce stade ? – s'aperçoivent qu'ils prennent un certain plaisir à pratiquer le coït. C'en est fait. En apparence, ils forment encore un couple respectable, mais à l'intérieur les termites les ont entièrement dévorés. Ils sont mûrs pour le garni, les moules marinières et l'ardoise chez le bougnat. C'est bien triste. Époux, épouses, attention ! La France a l'œil sur vous. Le plaisir, c'est le commencement du déshonneur. Au premier symptôme, engagez-vous, rengagez-vous dans la Légion étrangère.

Copier sur un bâtard, ce n'est pas copier

Il faut lutter. Quand vous voyez un couple irrégulier, dites à vos enfants de détourner les yeux. Apprenez-leur à discerner les bâtards, à l'école, au square, au catéchisme, à l'arbre de Noël du Président de la République, et à leur faire sentir avec tact qu'ils devraient d'eux-mêmes se tenir à l'écart avant qu'on ne soit obligé de les en prier. Enseignez-leur à ne pas céder leur place, dans le métro, aux concubines âgées. Décorez la chambre d'enfants avec de jolies pensées en lettres gothiques dans des cadres dorés :

« Copier sur un bâtard, ce n'est pas copier. »
« Dis-moi qui est ton père, je te dirai qui tu es. »
« Pas plus d'un concubin par jour. »

Les enfants sont innocemment cruels. Qui n'a élevé des bâtards dans la case de sa table, en classe, pour les plonger dans l'encrier et les lâcher sur les cahiers de ses petits camarades ? Qui n'a accroché une casserole à la queue d'un bâtard ? Au régiment, on passe les bâtards au cirage, on les envoie chercher la clé du champ de tir, on leur glisse dans le cou des grenades dégoupillées... Soyons sérieux.

Les concubins célèbres

DIEU	et	LA SAINT VIERGE
ADAM	et	ÈVE
PASIPHAE	et	LE TAUREAU
ŒDIPE	et	SA MAMAN
HÉLOÏSE	et	ABÉLARD
NÉNETTE	et	RINTINTIN
JEANNE D'ARC	et	CAUCHON
MARAT	et	CHARLOTTE CORDAY
GEORGE SAND	et	ALFRED DE MUSSET
HITLER	et	ÉVA BRAUN
ÉDITH PIAF	et	SON LÉGIONNAIRE
LA FAUCILLE	et	LE MARTEAU
LE SABRE	et	LE GOUPILLON
LA SERRURE	et	LE PASSE-PARTOUT
LAUREL	et	HARDY
FREUD	et	SON DIVAN
ROUX	et	COMBALUZIER

Cette liste ne prétend pas être exhaustive. Nous sommes forcés d'en laisser, et non des moindres. Veuillez nous le pardonner, le papier est limité.

Si vous êtes médecin et que vous deviez accoucher une concubine notoire, arrangez-vous pour lui faire très mal. Si vous n'êtes pas médecin, accouchez-la quand même, ça lui fera encore plus mal. Le S.M.I.C. n'est pas applicable aux femmes de ménage vivant « à la colle ». Demandez-nous le barème dégressif (envoi discret contre remboursement). Nous tenons de nombreuses autres suggestions à la disposition de tous les vrais bons citoyens.

C'est par la vigilance des honnêtes gens que notre France, plus propre, plus pure, plus grande, reconquerra son prestige à la face du monde et verra sa balance commerciale pencher du bon côté. Pouvons-nous en vouloir aux Américains s'ils répugnent à acheter des R 5 bricolées par les mains impures de concubines syndiquées ?

◄ **Un magnifique exemple de ce que peut la rééducation : cet homme, il y a six mois, était objecteur de conscience.**

Conscience (objecteurs de)

COMMENT JE L'AI SAUVÉ

les fiches cliniques d'un médecin

Lorsque le sujet fut pris en charge par le service que je dirige, il présentait les symptômes non équivoques d'un état objectionnel très avancé. Le tableau clinique était des plus alarmants :

ankylose totale des articulations de l'index droit devenu incapable de se plier sur une gâchette modèle 1898 modifié 1913 (test du Dr Lebel) ;

incapacité de fermer l'œil droit (test de la ligne de mire) ;

crises d'urticaire à la vue d'un galon ;

réaction allergique eczématoïde au contact d'un uniforme.

Les premiers examens ont révélé l'existence d'anti-réflexes caractéristiques de la phase chronique de la maladie :

A - Réflexe rotulien : frappé sur le genou droit, le sujet tendit le genou gauche.

B - Réflexe auditif : des bruits étalonnés ayant été émis à proximité des oreilles du sujet (sonnerie de clairon, sifflements de balles, coups de canon, commandements, bris d'os, tintement de médailles, accolade de général, cri : « La patrie est en danger ! », etc.), le sujet s'introduisit des boules Quiès dans les conduits auditifs et une marguerite entre les dents.

C - Réflexe rétinien : une affiche de mobilisation générale ayant été présentée successivement devant son œil droit puis devant son œil gauche, le sujet s'en tamponna somptueusement le coquillard.

J'estimai que l'état du malade exigeait des ménagements. Je décidai de m'en tenir d'abord à l'application d'un régime alimentaire bien étudié.

COMMENT IL M'A SAUVÉ

la confession d'un ex-objecteur

Aujourd'hui, je suis guéri. Je n'ai plus honte. Je suis un homme comme les autres. C'est pourquoi je veux parler. Je veux dire aux innombrables malheureux qui croupissent dans l'enfer d'où je suis sorti que mon exemple est là pour leur prouver qu'ils n'ont pas le droit d'abandonner l'espoir. Puisse cette confession véridique leur redonner le goût de lutter. Puisse-t-elle les inciter à se confier aux mains compétentes et dévouées qui ont fait de moi ce que je suis maintenant : un rempilé.

Mes instincts pernicieux se manifestèrent dès ma naissance. Trompant cruellement les espérances du docteur qui préconisait une césarienne et avait déjà préparé les instruments, je fis mon entrée dans le monde par une glissade d'une telle douceur que ma mère n'eut aucune raison de crier, même en se forçant, car elle ne s'était aperçue de rien. Ce qui fit que mon père ne la prit pas au sérieux et qu'elle se retrouva quelques secondes après devant deux douzaines de draps à lessiver et dix stères de petit bois à fendre.

Un peu plus tard, au lieu de me jeter sur le sein maternel pour le déchirer à belles dents, j'en saisis délicatement la pointe entre mes lèvres et, par un léger effet de succion, j'en fis sortir doucement un liquide blanc que j'aspirai avec une expression non équivoque de ravissement.

Mes pauvres parents durent se rendre à l'évidence : j'étais un monstre.

Mon enfance vit s'affirmer mes tendances contre nature. Tout petit, au lieu d'arracher les ailes des mouches, je leur

COMMENT JE L'AI SAUVÉ *(suite de la p. 97)*

Après avoir maintenu le malade à la diète stricte pendant quarante-huit heures, la soupe lui fut servie par deux infirmiers, l'un costumé en adjudant, l'autre en civil. L' « adjudant » lui présentait une cuillerée de soupe. Le malade se jetait dessus avidement. Aussitôt, l'infirmier en civil lui envoyait un violent coup de poing sur le nez. Le malade vomissait la cuillerée de soupe. Nouvelle cuillerée de soupe servie par l'« adjudant », nouveau coup de poing par le « civil », nouveau rejet de la soupe. Ce régime fut maintenu pendant un mois. Après ce temps, la seule vue d'un képi d'adjudant provoquait le réflexe de salivation, alors que la vue d'un chapeau mou provoquait la nausée immédiate.

En même temps, le malade avait acquis d'autres réflexes salutaires. Ainsi, il ne disait plus : « Je voudrais uriner » mais : « Passez-moi le pistolet ». Des injections d'huile de foie de tigre lui avaient été faites à la baïonnette. J'avais fait glisser un casque lourd dans son bonnet de nuit et coudre des cartouchières à son pyjama.

Je décidai de passer à la phase suivante : la rééducation du malade.

Je le fis lever. Pour soutenir ses premiers pas, il utilisa une canne spéciale, creuse, munie d'une poignée en forme de crosse, d'un repose-index mobile et d'un dispositif de visée permettant de ne pas rater le sol. Quand le malade alla mieux, il put la porter sur l'épaule droite.

Ma méthode consiste à intéresser le malade à une occupation utile. D'abord, je lui donnai un tapis à battre. Lorsqu'il eut terminé, je fis soulever le tapis : il put voir que sa vieille mère se trouvait dessous. Je l'envoyai à la cuisine tuer et plumer un corbeau pour faire du bouillon. On lava les plumes afin qu'il constatât qu'il avait en réalité étranglé une colombe et que ce qu'il avait pris pour du persil était une branche d'olivier.

A la menuiserie, on lui fit enfoncer des clous à la mitraillette. Derrière la planche, il y avait le portrait de Lecoin.

A ce stade, le malade pouvait être considéré comme guéri.

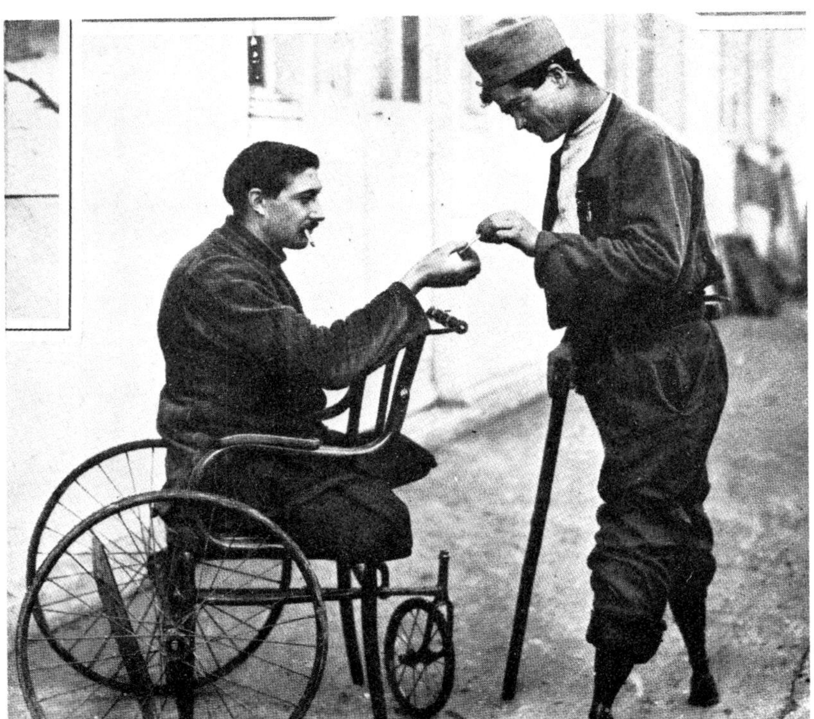

ILS SONT GUÉRIS !

Croirait-on que ces deux joyeux lascars furent des objecteurs ? Ce sont deux des réussites dont le Pr Jourdegloire est le plus légitimement fier.

COMMENT IL M'A SAUVÉ *(suite de la p. 97)*

collais des ailes supplémentaires que je découpais dans des cartons à chaussures. Lorsqu'une puce me mordait, au lieu de la tuer, je la prenais tout doucement et je la posais sur ma petite sœur dont la chair était beaucoup plus tendre et plus savoureuse.

Au lieu d'accrocher des casseroles à la queue des chats pour leur faire peur, je leur accrochais des saucisses pour leur faire plaisir. Mais mon attente était toujours déçue, car les chiens accouraient et mangeaient les saucisses, puis les ficelles, puis les chats.

Le jour où mon père rentra saoul et se mit à frapper ma mère, au lieu de le tuer à coups de hache comme aurait fait n'importe quel garçonnet de mon âge et d'être acquitté avec mention très bien et félicitations du jury, je débouchai un litre de Postillon et nous trinquâmes tous ensemble. Les voisins, très déçus, me blâmèrent pour cet acte de lâcheté. A partir de ce jour, on me cracha à la figure.

J'étais profondément vicieux. Les bons exemples produisaient sur ma nature perverse un effet contraire à ce qu'on eût pu attendre : ils renforçaient et excitaient mes mauvais instincts. Lorsque mes petits camarades se mettaient à vingt pour se moquer d'un élève bossu et lui crever les yeux, je ne pouvais m'empêcher de prendre le bossu sur mes épaules et de l'emporter hors d'atteinte en courant. Le bossu alors profitait de mon essoufflement pour m'arracher une oreille ou pour s'efforcer de m'émasculer à coups de galoche.

Pendant les leçons d'histoire, je pleurais à chaudes larmes au récit des batailles. On finit par me dispenser du cours d'histoire. C'est pourquoi j'échouai à mon bachot. J'avais déjà échoué à ma Première Communion pour une raison analogue : les grandioses massacres sacrés de l'Histoire sainte me donnaient des convulsions qui troublaient le catéchisme et que l'eau bénite ne suffisait pas toujours à calmer.

Lorsque j'atteignis ma vingtième année, mon état s'aggrava brusquement. J'étais parti faire mon service militaire avec une certaine allégresse, pensant que le changement me ferait du bien. Effectivement, au début, je m'intéressai beaucoup à toutes ces choses nouvelles que l'on m'enseignait. Je devins rapidement le meilleur tireur de ma compagnie et un champion du lancer de la grenade. Un jour, pendant l'entraînement à la baïonnette, je transperçai le mannequin avec tant d'ardeur que le sergent me dit en plaisantant : « Dis donc, si j'étais les gars d'en face, je voudrais pas tomber sur un lascar dans ton genre ! » Je tombai des nues : « Que veux-tu dire ? Ce que nous apprenons là, il faudra le faire CONTRE DES HOMMES ? » L'hilarité bruyante de mes camarades ne me laissa aucun doute. Ainsi, c'était pour CELA que j'étais devenu champion de tir, de lancer, de ramper et de close-combat ? J'étais une MACHINE A TUER ? C'en était trop pour ma pauvre tête. Une crise épouvantable s'ensuivit.

Je repris conscience en prison. Il y avait là un autre garçon dans mon cas. Il m'expliqua que nous étions des objecteurs de conscience. Il prétendait que les objecteurs sont des hommes comme les autres. Il me parla de Lecoin et de sa grève de la faim. Enthousiasmé, je décidai de devenir un objecteur militant, bien que je n'eusse guère de temps car, par mesure d'hygiène, on devait nous fusiller le lendemain. Heureusement, le statut des objecteurs fut voté dans la nuit. On me dirigea donc sur un hôpital spécialisé où, grâce au dévouement admirable d'une phalange de savants, je guéris rapidement.

Maintenant, je défile avec les autres. Le quatrième du premier rang, c'est moi. Vous ne pouvez pas vous tromper, il y a quatre encoches à la crosse de mon fusil : quatre vaches, pendant les grandes manœuvres. Ça ne vaut pas du Russe, ni même du Chinois. Enfin...

STATUT OFFICIEL DE L'OBJECTEUR DE CONSCIENCE

ARTICLE I. – L'objecteur de conscience est un homme comme les autres.

ARTICLE II. – Il ne faut tout de même pas exagérer.

ARTICLE III. – Afin qu'on puisse le reconnaître et le traiter en homme comme les autres, l'objecteur de conscience devra porter pendant toute sa vie et bien en évidence un insigne en forme de conscience, de couleur noire, d'un diamètre de soixante centimètres environ.

ARTICLE IV. – L'objecteur de conscience est dispensé du service militaire actif.

ARTICLE V. – Il est interdit de cracher à la figure d'un objecteur de conscience et de lui jeter des pierres en le traitant d'objecteur de conscience.

ARTICLE VI. – Il n'est pas interdit de cracher à la figure d'un objecteur de conscience et de lui jeter des pierres en le traitant de lâche, de vendu, de sale boche, de rouge, de peigne-cul, de fausse-couche et de va-de-la-gueule.

ARTICLE VII. – Le cumul est interdit. On ne pourra pas être à la fois réformé et objecteur de conscience. De même, les individus suivants ne pourront pas être EN PLUS objecteurs de conscience : communistes, nègres, pédérastes, proxénètes, cocus, instituteurs laïques, repris de justice, enfants naturels, musulmans, végétariens, bègues, gauchers, albinos, syndiqués.

ARTICLE VIII. – L'objecteur de conscience accomplira un service d'une durée double de celle de son service militaire normal dans des établissements voués aux besognes de paix : confection de chaussons de lisière, concassage de cailloux, étude expérimentale des maladies contagieuses, des greffes d'organes et de la résistance du corps humain aux impacts de bâton blanc, etc. Il portera un uniforme spécial, à rayures, avec son numéro matricule bien en vue.

ARTICLE IX. – L'objecteur de conscience devra se faire remplacer à l'armée par deux membres de sa famille, quatre s'ils sont du sexe féminin ou âgés de moins de dix ans.

ARTICLE X. – Rendu à la vie civile, l'objecteur de conscience jouira de privilèges qui feront de lui un homme beaucoup plus comme les autres que les autres hommes. (Art. XI à XIX.)

ARTICLE XI. – Afin de leur éviter les hémorroïdes, il est interdit aux objecteurs de conscience de postuler des emplois dans les administrations et, de façon générale, partout où l'on travaille assis.
Pour dégager les abords des administrations des monceaux d'objecteurs qui s'y accumuleront, l'État organisera des ventes d'objecteurs aux enchères à l'intention des petites et moyennes entreprises.

ARTICLE XII. – Désireux de faciliter le reclassement professionnel des objecteurs, l'État décidera de lever exceptionnellement en leur faveur certaines contraintes onéreuses pour les employeurs.
Les objecteurs auront donc le droit de :
Souder sans lunettes ;
Travailler sans masque dans les vapeurs d'acide ;
Manipuler de l'uranium à mains nues ;
Évaluer la température du fer rouge du bout de la langue ;
Sauter d'avion sans parachute ;
Garder des buts sans protège-tibias ;
Manger de l'ail sans Colgate ;
Danser sans buffet.

ARTICLE XIII. – Les objecteurs de conscience auront le droit d'être treize à table.

ARTICLE XIV. – L'objecteur de conscience bénéficiera en outre des avantages suivants :
Wagons spéciaux dans les trains (sans toit) et dans le métro (sans plancher) ;
Cinémas spéciaux avec sombreros fixés à demeure à hauteur des yeux ;
Samaritaine spéciale sans tapis roulant ;
Lessive spéciale Bonux sans cadeaux ;
Cigarettes sans bout filtres ;
La crème glacée leur sera vendue sans cornet, directement dans la main. L'huile Lesieur leur sera versée directement dans la poche ;
Le crédit ne leur sera pas accordé pour l'achat d'une superbe ménagère 56 pièces en Christofle poinçonné ;
Ils ne pourront pas participer aux jeux télévisés.

ARTICLE XV. – Les maires seront tenus d'organiser un lynchage d'objecteur à chaque fois que l'une des circonstances suivantes se sera produite sur le territoire de leur commune :
Peste ;
Rapt d'enfant ;
Viol d'une femme blanche ;
Accident de voiture ;
Été pourri.

ARTICLE XVI. – Chaque objecteur sera tenu de stocker à son domicile au moins un container de déchets radioactifs.

ARTICLE XVII. – Au lieu de faire descendre une bougie dans les fosses septiques avant qu'un ouvrier ne s'y risque, on y fera descendre un objecteur au bout d'une ficelle.

ARTICLE XVIII. – Dans les hôpitaux, on ne lavera pas le thermomètre pour les objecteurs.

ARTICLE XIX. – Les objecteurs aveugles n'auront pas droit à la canne blanche. Ils auront cependant droit à un chien, mais sans pattes.

ARTICLE XX. – Tout objecteur aura toujours la possibilité de se racheter en accomplissant son service militaire, même après avoir bénéficié pendant de longues années des avantages ci-dessus indiqués. La Patrie, généreuse, passera l'éponge.
L'objecteur repenti sera dirigé sur une unité de la Légion étrangère où il aura le poste de chèvre. A la revue du 14 Juillet, les objecteurs repentis défileront en tête des troupes, après avoir été roulés dans le goudron et les plumes.

DES TESTS

Êtes-vous atteint d'objection de conscience?

FAITES CES TESTS HONNÊTEMENT ET VOUS LE SAUREZ

1

VOICI UNE FLEUR

ET VOICI 6 VASES :

DANS QUEL VASE AIMERIEZ-VOUS PLACER LA FLEUR ?

SOLUTIONS

1. Si vous avez choisi n'importe quel autre vase que le vase numéro 6, vous êtes sur la mauvaise pente. Surveillez vos lectures.

2. Si vous avez répondu Pasteur ou Gandhi, comptez-vous 0 point. Votre cas est désespéré.
Si vous avez répondu Jeanne d'Arc ou Jules César, comptez-vous 2 points. Vous êtes en bonne voie de guérison.
Si vous avez répondu Napoléon, comptez-vous 5 points. Vous êtes en excellente santé.
Si vous avez répondu Charles de Gaulle, comptez-vous 10 points. Vous êtes Charles de Gaulle.

3. Si vous avez trouvé :

NOGENT
ROBINSON
SAINT-TROPEZ
NEW-ORLÉANS
CHATEAUNEUF-DU-PAPE

vous subissez une crise obsessionnelle des plus sérieuses. Ne vous alarmez pas cependant, ce peut n'être que le contre-coup des vacances. Engagez-vous.

4. Si vous avez vu Johnny Hallyday et Sylvie Vartan dansant le twist, attention ! Consultez d'urgence votre général préféré. Si vous y avez vu un soldat français et un allemand se battant à la baïonnette, présentez-vous à l'examen d'entrée à Saint-Cyr.

5. Si vous avez répondu par A, B ou C, vous êtes myope. Consultez votre oculiste. Si vous avez répondu par D, vous êtes une autruche.

6. Si vous ne trouvez pas, demandez à votre maman.

2

VOICI
UN
CHAPEAU

QUEL PERSONNAGE ÉVOQUE-T-IL POUR VOUS ?

3

COMPLETEZ LES MOTS CI-DESSOUS EN REMPLAÇANT LES POINTS PAR DES LETTRES, VOUS DEVEZ TROUVER 5 NOMS DE LIEUX.

VER•UN
AUSTERL•TZ
V•LMY
LA MAR•E
SÉBAS•OPOL

4

REGARDEZ ATTENTIVEMENT CETTE TACHE D'ENCRE :

QU'Y VOYEZ-VOUS ?

5

QUEL EST CET OBJET ?

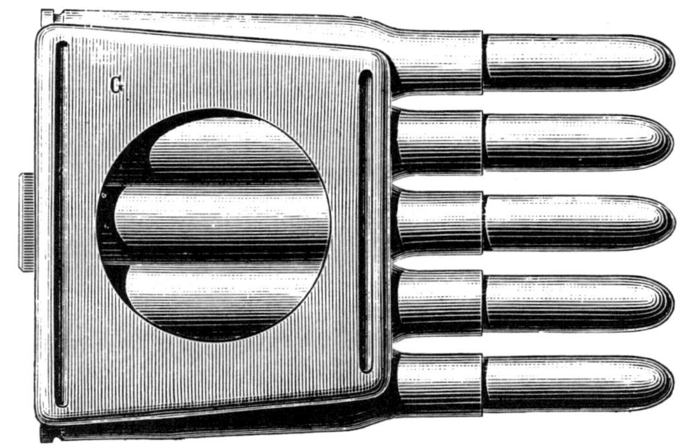

A - Une flûte de Pan.
B - Une tétine pour quintuplés.
C - Des suppositoires.
D - Des pointes d'asperges à la vinaigrette.
E - Un chargeur de fusil de guerre.

6

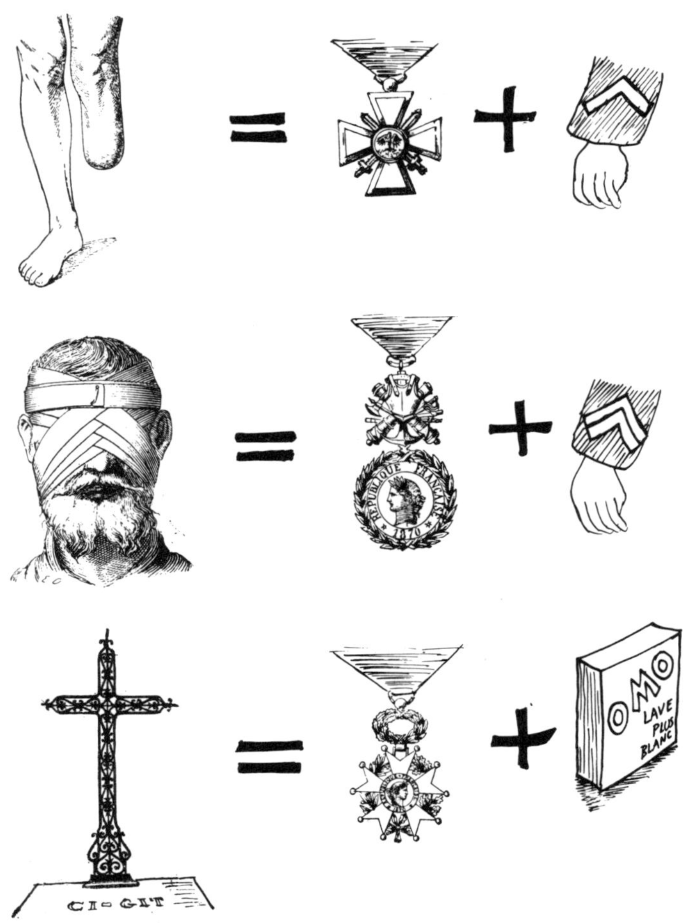

ESTIMEZ-VOUS QUE CES ÉQUATIONS SONT EXACTES ?

GOOD NEGRO
BAD NEGRO

Les Nègres

Quand j'étais petit, les nègres étaient des négros rigolos, pas méchants, avec des gros yeux blancs et des grandes dents blanches. On les aimait bien. Ils s'appelaient Bamboula. Ils disaient « Missié » et « Y a bon ».
Quand on pensait à un nègre, ça vous rafraîchissait l'âme. Comme de penser à un bébé éléphant, ou à un caniche. C'était sympathique.
Tout le monde était bon pour eux. Il faut être bon pour les pauvres nègres. Ce n'est pas de leur faute s'ils sont nègres. Il faut être bon aussi pour les bossus. C'est de la délicatesse. Il faut faire comme s'ils étaient comme les autres.
De penser qu'il existait des salauds de racistes qui voulaient leur faire du mal, ça me faisait bouillir. Comme les salauds qui font du mal aux chiens. C'est si gentil, les nègres ! Surtout petits. Un bébé nègre... Adorable ! Après, ça perd, bien sûr, mais ça reste de grands enfants. Des âmes simples. Contents d'un rien. Des besoins inexistants : trois patates bouillies, un peu de paille, une vieille boîte à cigares pour faire un banjo, et ils sont heureux !

Les nègres sont heureux. Heureux comme nous ne le serons jamais, nous autres blancs, avec notre torturant besoin d'aller toujours au-delà. Enfin, à chacun sa croix et chaque chose à sa place.
Mais voilà qu'ils se mettent à tout casser, et pourquoi, je vous le demande ? Parce qu'ils veulent l'égalité des droits, et la dignité, et l'instruction, et devenir général s'ils ont les capacités.
Je ne suis pas raciste. Dans « La Case de l'oncle Tom », ceux que je n'aime pas, ce sont les méchants blancs qui font du mal aux bons nègres. Ça prouve bien que je ne suis pas raciste. Mais je suis contre les énergumènes. Ceux qui mettent le feu au lieu de s'élever socialement par le travail, l'épargne et le respect des institutions de leur pays sont des énergumènes. J'aime les bons nègres. Je n'aime pas les énergumènes.
Harlem : on se fait là-dessus des tas d'idées fausses. On a tendance à voir une espèce de bidonville avec des rats, du mâchefer et du vomi de nègre. Mais pas du tout. Il y a même de vraies grandes maisons. Peut-être un peu vieilles, un peu croulantes, mais comme le loyer est plus élevé qu'ailleurs, l'un dans l'autre, ça compense.
Ils ont maintenant de vrais banjos, avec de la nacre, et la télévision. Et ils ont un costume pour le dimanche, très chic, même. Il n'y a que la couleur. Les tissus qu'on livre aux tailleurs nègres ont des couleurs spéciales, et aussi les cravates. Plus chaudes, vous voyez ? Sans quoi, on les confondrait avec les blancs.
Ils roulent tous en Cadillac avec un gros cigare et même avec un chauffeur, blanc de préférence. Mais ils ne savent pas lire. Les blancs en profitent. Quand ils demandent de l'aspirine chez le pharmacien, on leur vend une purge et ce n'est pas du tout la même chose. Alors, ils ne sont pas contents.
Les blancs leur interdisent de s'instruire. Il y a des pièges à nègres à la porte des écoles. Si les nègres savaient lire, ils comprendraient ce qui est écrit sur les pancartes « INTERDIT AUX NÈGRES ». Les flics n'auraient plus l'oc-

Tentative de greffe de la jambe d'un nègre sur la cuisse d'un blanc.
D'après un tableau du XVIe siècle.

casion de leur taper dessus et ils perdraient la main. Ou alors ils devraient taper sur les gangsters blancs, et ça c'est dangereux. Le jour où le premier nègre saura lire, il y aura enfin un Américain sachant lire. Il deviendra aussitôt Président des États-Unis et il donnera les bonnes places à ses copains nègres. Voilà pourquoi les Américains ne veulent pas laisser les nègres s'instruire. Dans un sens, je les comprends, mais je ne puis les approuver. Ce serait du racisme, et je suis contre.

En France, heureusement, nous ne sommes pas comme ça. Quand je les vois, au Quartier Latin, tout beaux, tout chic, emballer toutes les filles, surtout les blondes, et moi avec mes poches aux genoux... Je ne suis pas raciste, mais j'y ai du mérite.

Les femmes blanches adorent les nègres. Les négresses adorent les nègres. Eh bien, et moi, alors ?

J'ai beaucoup réfléchi. Et je vous le dis : les racistes, c'est eux. Nous, on est blancs, comme tout le monde. On est normaux. C'est eux qui nous provoquent, avec ce noir ridicule. Rien que leur façon de ne pas prononcer les R : c'est du parti pris. Pour emme'der le monde.

Ce qu'ils veulent, je vais vous le dire. Ce qu'ils veulent VRAIMENT, tout au fond d'eux-mêmes. Ils veulent être blancs, voilà. Et même, si un jour ils gagnent la guerre, s'ils nous réduisent en esclavage, il y a une chose qu'ils n'auront pas, une chose qui nous consolera de tout : notre beauté.

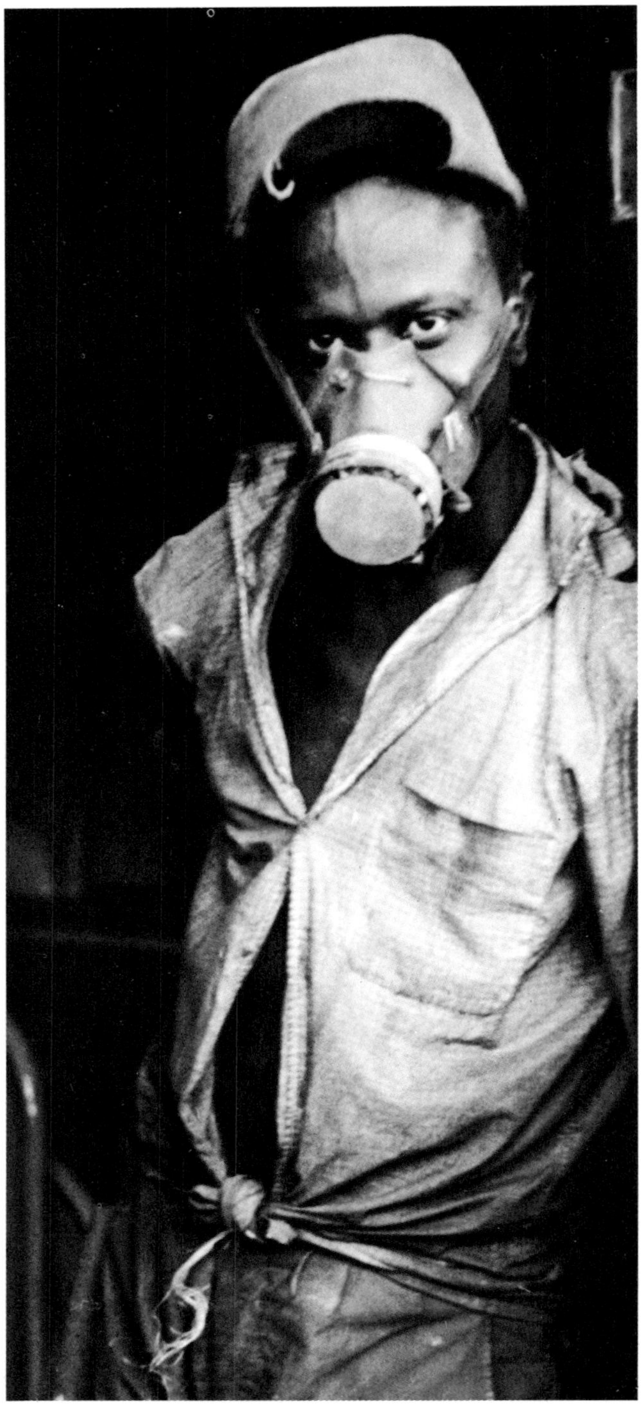

ILS SONT GOURMANDS

Ceci est un appareil destiné à empêcher les ouvriers agricoles nègres de dévorer la moisson dans les plantations du sud des États-Unis.

Un geste courageux

Bravant les préjugés raciaux, l'éditeur de la Nouvelle Encyclopédie Bête et Méchante a décidé de faire un geste.

A PARTIR D'AUJOURD'HUI, LA VENTE DE « LA NOUVELLE ENCYCLOPEDIE BETE ET MECHANTE » N'EST PLUS INTERDITE AUX NEGRES.

Elle est donc le seul livre que les nègres ont le droit de lire. Nous en sommes légitimement fiers.

Tout nègre correctement vêtu qui le demandera poliment à nos bureaux recevra un exemplaire de la N.E.B.E.M. contre la somme de deux cents francs (200 F).

Si les rats ont détruit plus des deux tiers de sa surface utile, le nègre aura le droit de dire : « Si c'est pas malheu'eux ! »

Le prix de vente aux blancs reste fixé à cent francs (100 F)

ILS SONT LUBRIQUES

Dans le Sud, les malheureuses femmes blanches ne peuvent résister à l'appel envoûtant de la trompette noire. Ce n'est qu'en brûlant le nègre tout vivant que les honnêtes citoyens blancs arrivent à vaincre le diabolique pouvoir.

ILS SONT PARESSEUX

Ce nègre est un prospecteur. Du bout de son bâton, il gratte le sol pour trouver du pétrole. Si le pétrole ne jaillit pas exactement dans le creux de sa main, il mourra sur place plutôt que de faire un pas. Heureusement, M. Shell ne laissera pas perdre ce bon pétrole.

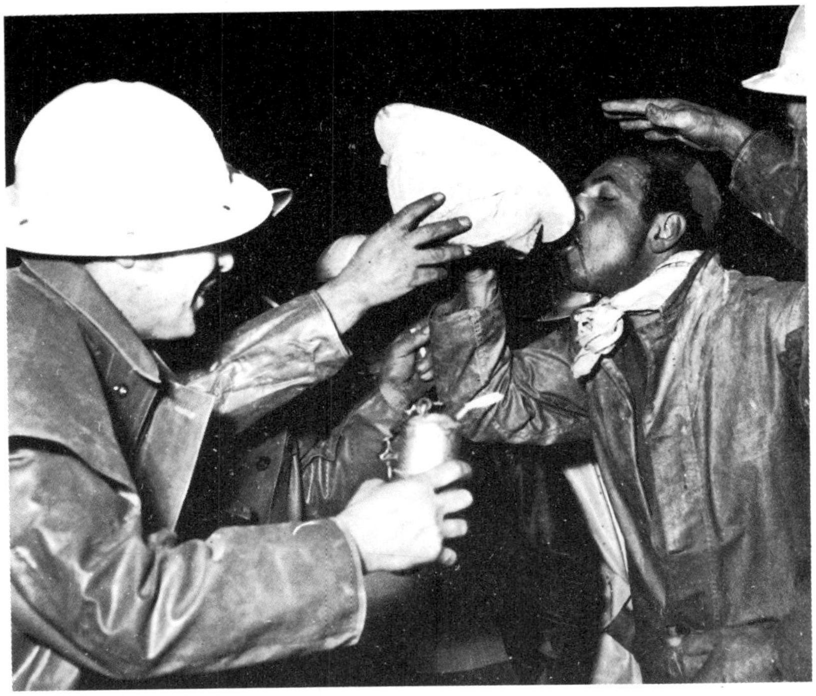

ILS SONT CRÉDULES

Leurs camarades blancs leur font croire que l'on devient blanc quand on boit dans son chapeau.

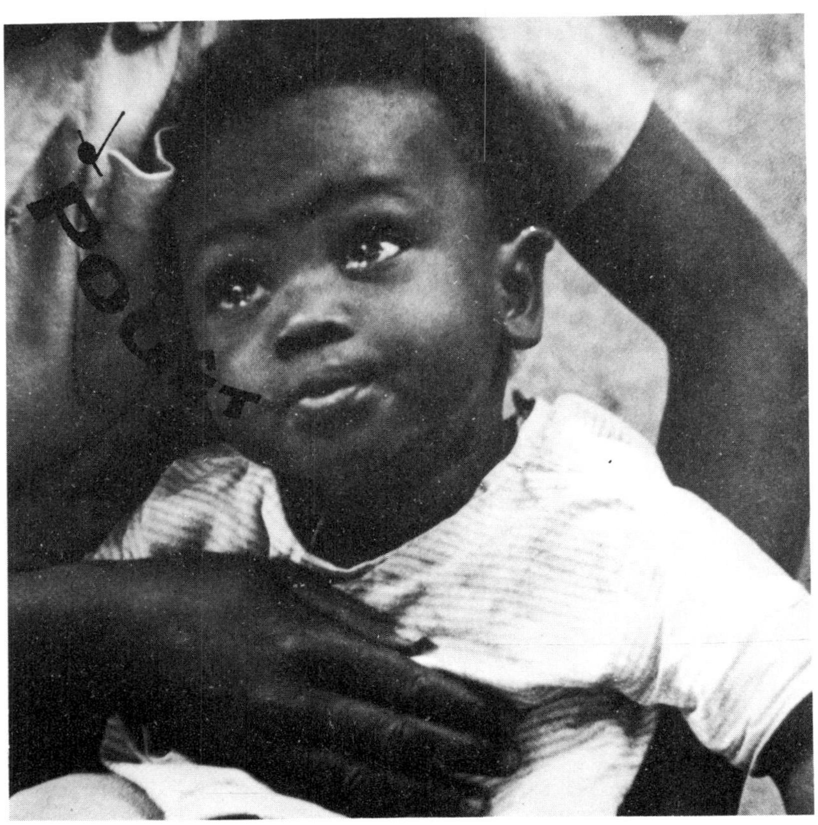

ILS SONT MUSICIENS

Ils font « Pouêt ! » quand on leur appuie sur le ventre.

ENFIN, ILS AVOUENT

S'ILS SONT NÈGRES C'EST MALGRÉ EUX

Nous avons interrogé deux mille personnalités marquantes du monde nègre choisies parmi les professions suivantes : cueilleurs de coton, balayeurs des rues, cireurs de chaussures, éboueurs, plongeurs de restaurant, casseurs de cailloux, châtreurs de chats, nettoyeurs de boyaux et pousseurs de tramways dans les côtes. Les classes sociales les plus diverses étaient donc représentées. Nous leur avons posé la question suivante :

– Si C'ETAIT A REFAIRE, CHOISIRIEZ-VOUS DE NOUVEAU D'ETRE UN NEGRE ?

Toutes les personnalités interrogées, sans exception, ont répondu à cette question par un rire bruyant et spasmodique à caractère nettement hystérique.
La deuxième question était :

– SI VOUS ETIEZ BLANC ET SI VOTRE SŒUR VOUS DISAIT : « JE VEUX EPOUSER UN NEGRE », QUE FERIEZ-VOUS ?

Toutes les personnalités interrogées, sans exception, ont répondu à cette question en jetant notre envoyé spécial par la fenêtre fermée après l'avoir plongé successivement dans le goudron et dans les plumes. Ces réponses nous amènent de façon absolument formelle à la conclusion suivante :

LES NEGRES N'ONT PAS FAIT EXPRES D'ETRE DES NEGRES.

Ils le sont parce qu'ils ne peuvent pas faire autrement. Ce n'est pas vraiment de bon cœur.
Alors, ce n'est pas la peine qu'ils fassent tant les fiers.

ILS ONT LA TÊTE DURE

Ce nègre vient de recevoir sur la tête une grosse pierre jetée du 36e étage d'un immeuble de Détroit par une femme blanche qui croyait qu'il voulait la violer. Remarquez que la pierre a épousé exactement la forme de la tête du nègre

Connaissez-vous les Nègres ?

Autrefois, il était très facile de reconnaître les nègres : il suffisait de les plonger dans le goudron, puis de les rouler dans les plumes, et on était sûr que le type que l'on pendait était un nègre.
Aujourd'hui, les voyous communistes aux cheveux longs ont tout compliqué. Beaucoup de nègres essaient de se faire passer pour des êtres humains. Nous avons chargé un éminent anthropologue de répondre aux questions que vous pouvez vous poser.

- **Les nègres ont un angle facial très aigu.**
VRAI. — C'est pourquoi ils portent toujours une casquette. Un chapeau glisserait.

- **Les nègres ont la peau plus dure que les blancs.**
VRAI. — Les balles glissent dessus. Il ne faut tirer sur un nègre qu'avec des balles dum-dum.

- **Les nègres ont dans le bas du dos une petite queue en tire-bouchon.**
VRAI. — Si vous leur demandez poliment, ils vous la font voir.

- **Les nègres peuvent traverser le désert sans boire et sans manger.**
VRAI. — Dieu a placé des réserves de nourriture dans leurs grosses lèvres. Si l'on coupe les lèvres d'un nègre, il court pour traverser le désert plus vite parce qu'il a faim.

- **Les nègres dorment debout sur une seule jambe.**
FAUX. — Les nègres dorment pendus par le cou à une branche d'arbre.

- **Les nègres sont roses à l'intérieur.**
VRAI. — Il suffit de retourner un nègre pour obtenir un blanc. Mais il ne faut pas le leur dire.

- **L'alcool a sur les nègres des effets terribles.**
VRAI. — Quand un nègre a bu, il est saoul.

- **Les nègres n'ont pas de fierté.**
VRAI. — Quand on lynche un nègre, il pleure au lieu de chanter l'hymne américain.

- **Les négresses sont formées très jeunes.**
VRAI. — Mais à douze ans, elles sont bonnes à jeter.

- **Les nègres ne flottent pas sur l'eau.**
VRAI. — Le principe d'Archimède est interdit aux nègres.

- **Les nègres sont des mammifères.**
FAUX. — Les négresses n'allaitent pas leurs petits. Elles pondent des œufs dans le sable et vont danser la bamboula. Les blancs et les anges sont les seuls mammifères.

- **Les nègres adorent violer les femmes blanches.**
VRAI. — Mais seulement si elles ont leur baccalauréat.

- **Les nègres mangent n'importe quoi.**
FAUX. — Les nègres ne mangent que le gras, les os et les pattes de poulet. Ils jettent la bonne viande.

- **Dieu les a faits noirs pour les protéger du soleil africain.**
FAUX. — Dieu les a faits noirs pour les punir d'être des nègres.

- **Les nègres sont fidèles.**
VRAI. — Quand on veut perdre un vieux nègre loin dans la forêt, il court derrière la voiture de ses maîtres.

- **Les nègres ont un sixième sens.**
VRAI. — Si l'on crève les yeux d'un nègre, il sait toujours trouver le chemin de la soupe.

- **Les nègres voient clair la nuit.**
VRAI. — Leur installer l'électricité, c'est foutre l'argent en l'air.

- **Les nègres retombent toujours sur leurs pattes.**
VRAI. — C'est pourquoi, avant de jeter un nègre par la fenêtre, il faut lui couper les pattes.

- **Les nègres deviennent gris quand ils sont malades.**
FAUX. — Les nègres deviennent gris quand ils veulent se faire dorloter.

- **Les nègres jouent très bien de la trompette.**
VRAI. — Mais ce sont les blancs qui ont inventé la trompette.

- **Les nègres ont des organes sexuels gigantesques**
PEUH... Moi qui vous parle, ils m'ont bien déçu.

ELLE PREPARE LES LENDEMAINS QUI CHANTENT

A Harlem. Elle rêve à la voiture qu'elle aura un jour. Et, pour être prête, elle apprend à conduire, toute seule. Et c'est très beau.

IL SE BAT POUR SA DIGNITE D'HOMME

**Il est là, au coin de la Cinquième Avenue, à New York.
Il attend. Chaque blanc qui passe en portant une théière, il l'abat avec son gourdin pour lui prendre sa théière.
Il sait que la théière, c'est la dignité.**

Il est heureux...
il a un beau tricot....

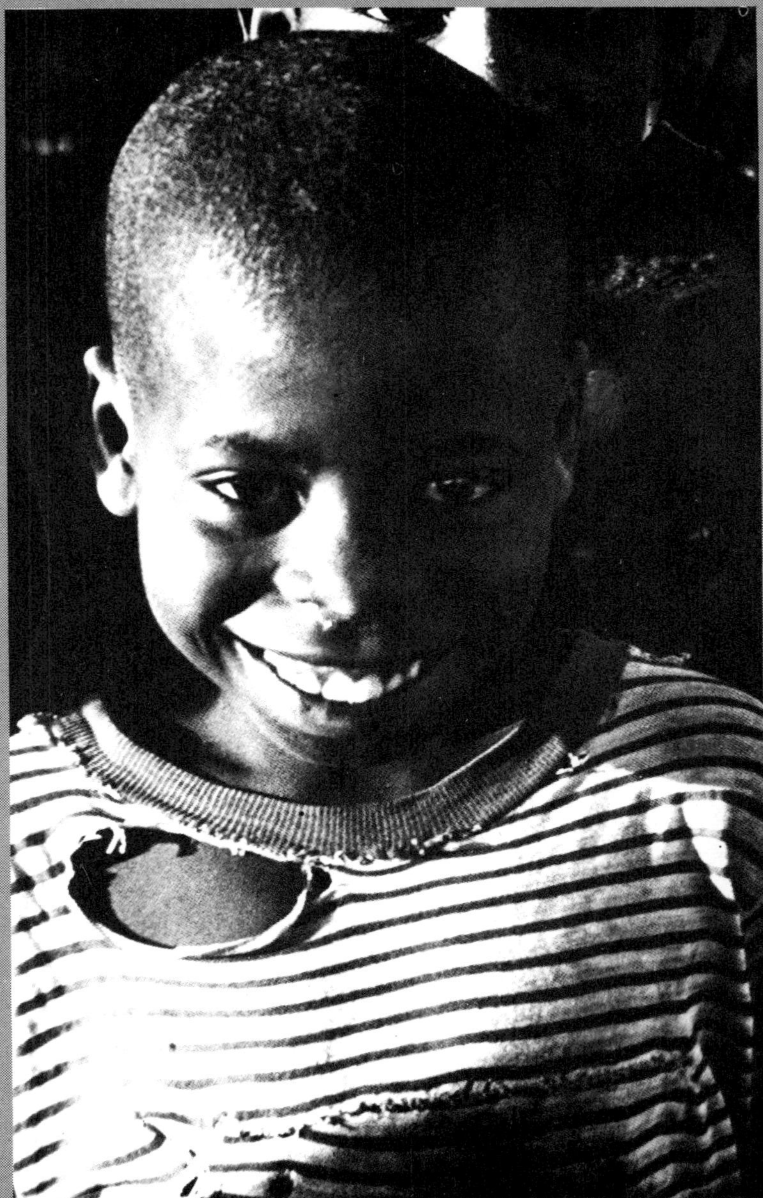

il l'a acheté au Printemps nègres

tout nègre élégant s'habille

au Printemps nègres

(passer par la petite porte de derrière)

LA PRÉFECTURE DE POLICE COMMUNIQUE :

ATTENTION !

DANGER !

Les chiffres sont formels.
Le nombre des nègres augmente dans le monde.
D'où sortent tous ces nègres ?
Ce sont des blancs qui sont devenus nègres.

Les nègres sont contagieux.

Personne n'est à l'abri.

DU JOUR AU LENDEMAIN VOUS POUVEZ VOUS RÉVEILLER NÈGRE

PRÉCAUTIONS A PRENDRE

Ne serrez jamais la main d'un nègre.
N'acceptez jamais d'argent d'un nègre.
Ne donnez jamais votre sœur à un nègre,
même si elle vous le demande.
Ne jetez un nègre au feu qu'avec des pincettes.
Sinon, vous deviendrez nègre.
Et vous devrez quitter votre fauteuil de P.D.G.
pour aller balayer la cour.

Les Nègres sont-ils solubles dans l'acide sulfurique?

Tourner la page →

Oui.

Les Nègres célèbres

IL A VIEILLI : ON LE JETTE A LA RUE

Après 60 années de bons et loyaux services, Monsieur BANANIA a flanqué à la porte son vieux nègre Yabon sous prétexte qu'il n'avait plus de dents et que, ne pouvant plus ronger les os de sa pâtée, il mangeait en cachette du Banania. Encore une victime du capitalisme blanc !

Louis Armstrong nous dit*:

* Ce furent ses dernières paroles !

La fête des mères

Être mère n'est rien : il suffit d'oublier de prendre ses précautions. Être une bonne mère, c'est tout autre chose, comme disait la Sainte-Vierge en débranchant le tuyau d'oxygène de la couveuse. Êtes-vous une bonne mère ? Répondez sincèrement aux questions que voici par OUI ou NON.

	OUI	NON
1. — Répétez-vous souvent à vos enfants : « Je n'ai qu'un seul regret, c'est de n'avoir pas connu plus tôt la pilule anticonceptionnelle ? »		
2. — Faites-vous semblant de mourir chaque dimanche pour que votre petit garçon vous apporte des roses blanches ?		
3. — Quand vos enfants jouent au papa et à la maman, leur jetez-vous un seau d'eau ?		
4. — Si votre enfant meurt, combien de jours attendez-vous avant de regarder à nouveau la télévision ?		
5. — Attendez-vous que vos enfants soient à l'école pour vous faire de bons petits plats ?		
6. — Si votre enfant revient de l'école avec le Prix d'Honneur, le lui faites-vous manger parce que vous l'avez déjà lu ?		
7. — Quand votre fillette est devenue jeune fille, lui avez-vous fourré le nez dedans ?		
8. — Pensez-vous qu'il faut dire très tôt aux petits enfants que le Père Noël est homosexuel ?		
9. — Si votre bébé vous réveille la nuit parce qu'il a soif, lui jetez-vous la clef de la cave à travers la gueule ?		
10. — Si votre fils était noir, le laisseriez-vous dormir avec sa sœur ?		
11. — Pour endormir votre enfant, lui racontez-vous l'histoire de l'étrangleur ?		
12. — La nuit, faites-vous vos besoins dans le berceau de votre enfant plutôt que d'aller jusqu'à la cabane au fond du jardin ?		
13. — Laissez-vous un plus gros biberon à votre bébé quand vous partez pour une croisière de deux mois que quand vous allez au cinéma ?		

Madame ! Êtes-vous digne de recevoir l'hommage ému de vos enfants ?

	OUI	NON
14. – Si vous avez surpris votre fillette à jouer au docteur avec le fils du voisin, l'obligez-vous à faire sa première communion en tailleur ?		
15. – Si votre fils a un bec-de-lièvre, l'appelez-vous « mon petit lapin » ?		
16. – Êtes-vous jalouse de Mme Blédine Jacquemaire, la seconde maman ?		
17. – Faites-vous croire à vos enfants qu'il y a toujours la guerre afin de pouvoir mettre de la saccharine dans leur café au lait ?		
18. – Faites-vous rire vos enfants le vendredi pour qu'ils pleurent le dimanche ?		
19. – Accrochez-vous des porte-clefs aux oreilles de votre fille en disant : « Quand je serai riche, je te payerai quelque chose de mieux ? »		
20. – Si des avions italiens mitraillent vos enfants sur le chemin de l'école, leur dites-vous : « Bof ! A Verdun, c'était bien pire. » ?		
21. – Si votre fils avait réussi à se détacher de la croix, l'auriez-vous recloué parce que c'est écrit dans les Prophètes ?		
22. – Savez-vous dire non à votre fils lorsqu'il devient tendre ?		

Interprétation des résultats

Comptez 1 point pour OUI, rien pour NON. Faites le total. Si vous avez :

– Plus de 70 points : Vous êtes encore saoule. Allez cuver votre vinasse et foutez-nous la paix.

– Entre 15 et 22 points : Vous êtes vraiment la mère idéale. Quel dommage que vous ayez mis vos enfants à l'Assistance !

– Entre 10 et 15 points : Vous avez quelques petits défauts, mais avec un peu de sparadrap vos enfants peuvent encore se dire que ça pourrait être pire.

– Entre 5 et 10 points : Vous êtes plutôt un peu peau-de-vache. Acceptez les cadeaux de vos enfants avec des larmes de remords et doublez à tout hasard la dose de caca de chat dans leurs biberons.

– Moins de 5 points : Ne soyez pas surprise si vos enfants ont justement quelque chose d'urgent à faire ailleurs ce jour-là. Dites-vous que ce sont de petits ingrats et retournez danser au Paradis Latin.

Fête des Mères

FAITES DÉBOUCHER SON ANUS ARTIFICIEL

Ça fait toujours plaisir.

Troisième mondiale (Alors, ça vient cette ?)

Vingt ans, c'est juste le temps qu'il faut à la génération qui a vécu une guerre pour atteindre l'âge où elle n'a plus de voix au chapitre. C'est aussi juste le temps qu'il faut à la génération suivante pour atteindre l'âge des héroïsmes. Les guerres mondiales fleurissent tous les vingt ans, vous savez maintenant pourquoi.
Nous avons déjà dix-sept ans de retard.
Ça ne peut pas durer comme ça, ce n'est pas naturel. L'industrie languit, le chômage augmente, le Chinois prolifère, la jeunesse ne sait plus quoi inventer et la moralité publique, n'en parlons pas.
On se demande ce que font les dirigeants.

La paix, il en faut, certes. De loin en loin. Et pas trop longue. Le temps de se refaire, et hop. La paix, c'est comme le lit : à la longue, ça débilite. La guerre est l'état normal d'une humanité en bonne santé.
La pause a trop duré. Les casseroles, les voitures et les machines à laver ne s'usent pas assez vite pour faire tourner les usines. Il faut à une économie qui se veut en expansion permanente des débouchés autrement vastes. La guerre, mangeuse de canons, d'avions et de cuirassés, la guerre mangeuse de villes et de civilisations est la seule cliente dont l'appétit soit à la mesure de notre productivité.
La guerre viendra, n'ayez crainte. Elle viendra parce qu'elle ne peut pas ne pas venir. Encore faut-il savoir la reconnaître et ne pas s'affoler pour un rien.

A quels signes reconnaît-on que l'on est en guerre ?

Depuis quelque temps, des tas d'idées fausses circulent sur ce sujet. Beaucoup prétendent que l'on sait suffisamment qu'on est en guerre lorsque les bombes vous tombent dessus.
Grossière erreur ! Recevoir des bombes sur la figure ne saurait en aucun cas suffire pour se considérer en état de guerre. Les Libanais reçoivent des bombes israéliennes sur la figure mais ils ne sont pas pour autant en guerre contre Israël. Ils n'ont donc aucun droit à bénéficier des conventions internationales contre les crimes de guerre.
On n'a le droit de prétendre à l'honneur d'être en guerre que lorsqu'on a reçu personnellement une déclaration de guerre en bonne et due forme, sur formule modèle 1896 modifié 1945 (se trouve dans tous les bureaux de poste) revêtue de la signature de l'agresseur et de son cachet commercial.

Que doit-on faire quand on reçoit une déclaration de guerre ?

La refuser.
Si, par exemple, le président Reagan me déclarait la guerre, je ne lui répondrais même pas. S'il m'envoyait des bombes, je ne lui en enverrais pas. S'il me coupait le nez, je ne couperais pas le sien. Et il aurait beau trépigner, et casser ma maison, et violer ma grande sœur, et foutre le feu, et me tuer, moi je l'ignorerais, et il n'y aurait pas de guerre, et le président Reagan aurait l'air d'un con.

Comment gagne-t-on une guerre ?

Il y a plusieurs moyens : classique, thermonucléaire, bactériologique et psychologique. Les trois premiers consistent à introduire dans le corps de l'ennemi des objets plus ou moins gros et plus ou moins durs par des procédés plus ou moins directs.
Le quatrième est assez nouveau.
Prenons par exemple le Vietnam. Pendant des années, des milliers d'avions américains ont déversé chaque jour des milliers de tonnes de bombes sur le Vietnam. Eh bien, pendant tout ce temps, JAMAIS un seul avion vietnamien n'est allé jeter une seule petite bombe sur New York. Jamais. Alors, les Américains avaient MAUVAISE CONSCIENCE. Si seulement une fois, une toute petite fois, un vieux petit avion viet en colère s'était oublié jusqu'à laisser tomber un pétard, même un peu foireux, au-dessus de New York, l'Amérique, d'un seul cœur, se fût dressée, et la guerre aurait été gagnée en dix minutes. Mais non. Les Viets subirent tout, et les Américains eurent de plus en plus mauvaise conscience, et ils ont perdu la guerre, et alors je ne donne plus cher des Valeurs Morales sur cette planète.

Il y a encore un cinquième moyen de gagner une guerre, le plus sûr de tous : c'est de la perdre. L'Allemagne et le Japon, qui n'ont jamais été aussi prospères que depuis leur défaite, vous expliqueront cela mieux que moi.

La guerre est-elle dangereuse ?

La guerre est beaucoup moins dangereuse que le verglas si l'on reste à sa place.

Par exemple, dès que vous entendez siffler une bombe, il est inutile que vous téléphoniez au président Reagan ou au camarade Brejnev pour lui demander si c'est sérieux ou si c'est juste pour vous intimider. Le Président de la République fera ça pour vous.

Si vous êtes civil, le conflit ne vous concerne pas. Vous devez rester en dehors des opérations.

Il est interdit aux civils, particulièrement aux femmes, aux enfants et aux malades, de recevoir des bombes, obus et autres objets à usage militaire. Il est en conséquence interdit aux civils de se trouver aux endroits où l'on se bat, en particulier dans les rues, les maisons, les écoles, les hôpitaux, les bois et les campagnes. Tout civil ayant reçu une bombe à laquelle il n'avait pas droit devra la rapporter aussi propre qu'il aurait aimé la trouver.

Il est très vilain de mentir aux troupes d'occupation, sauf si l'on est un espion muni d'une carte d'espion. Les menteurs sont généralement fusillés, ceux qui mentent en jurant sur la tête de leur mère sont pendus.

Que faire si l'on est blessé ?

Les blessés doivent se rassembler dans les hôpitaux et ambulances marqués d'une croix rouge visible de loin afin que les avions puissent bien viser. Les traîtres qui traceraient des croix rouges A COTE de l'hôpital seraient punis.

Il est interdit aux blessés de crier plus fort qu'ils n'ont mal.

Que faire des enfants ?

Les enfants n'ont rien à craindre en temps de guerre. Les aviateurs sont fair-play. Tous les enfants tués qui n'ont pas la longueur minima d'un mètre sont rejetés à leur mère.

Peut-on faire des presse-papiers avec les éclats d'obus ?

Non. Les éclats d'obus sont faits pour être reçus dans le ventre, pas pour presser des papiers, même après extraction.

Que faut-il penser de la bombe H ?

Chaque homme doit se dire que la bombe H représente pour lui le seul espoir possible d'être un jour l'unique survivant mâle de la planète avec peut-être même quelques centaines de femmes pour lui tout seul.

PETIT CODE PRATIQUE DES CRIMES DE GUERRE

La convention de La Haye, garantie par l'O.N.U., dénonce et réprime les crimes de guerre, et elle a bien raison. C'est à cause des crimes de guerre que la guerre a si mauvaise réputation auprès de beaucoup de gens.
Nous devons aider l'O.N.U. à dépister tout ce qui pourrait rendre la guerre cruelle et de mauvais goût. La guerre doit rester une affaire entre gens d'honneur, pas une bagarre de chiffonniers.
Si vous surprenez un criminel de guerre en train de commettre son crime, réprimandez-le fermement. Sans excès de sévérité, toutefois. Il ne l'a peut-être pas fait par méchanceté. Plutôt par taquinerie.
Il faut reconnaître que, sans un petit peu de crimes de guerre, la guerre serait une chose bien monotone.
Voici les principaux crimes de guerre :

A. – CRIMES CONTRE L'HUMANITE

- Employer des prisonniers de guerre à ramener dans leur gueule les ennemis tués.
- Obliger les civils, avant de les fusiller, à creuser leur propre tombe en leur faisant croire qu'il y a un sandwich au pâté tout au fond.
- Faire marcher des civils ennemis en avant des troupes et leur peindre des cibles sur le ventre.
- Torturer des enfants pour leur faire avouer où leur mère cache les confitures.
- Fusiller des otages avec des balles non aseptisées.
- Cacher la boîte de pilules derrière son dos avant de violer une femme ennemie et lui dire : « Dans quelle main ? »

B – CRIMES CONTRE L'HONNEUR

- Déchirer le drapeau pour se faire un garrot.
- Faire le pitre en montant à l'assaut pour se faire bien voir de l'ennemi.
- Viser exprès à côté sous prétexte que parmi les enfants de l'école à bombarder on en a vu un qui ressemble à celui qu'on a laissé au pays.
- Se sauver à reculons pour faire croire à ses supérieurs qu'on marche à l'ennemi.

C. – CRIMES CONTRE LA CULTURE

- Faire des moustaches à la Joconde.
- Mettre le feu à l'Académie française pendant un discours de réception.
- Faire sauter Notre-Dame de Paris alors qu'une petite bombe à neutrons suffirait pour détruire tous les gens qu'il y a dedans sans abîmer les statues.

D. – CRIMES CONTRE LA PATRIE

- Violer les femmes ennemies en leur donnant du plaisir.
- Violer une femme ennemie et attraper une maladie honteuse au lieu de lui en donner une.
- Dire « Excusez-moi » en enfonçant sa baïonnette dans un ventre ennemi.
- Ecrire des messages personnels sur les obus, bombes et torpilles, tels que : « Nous, on n'y est pour rien. C'est les chefs. Il y a un paquet de gauloises sous le détonateur. »

E. – CRIMES CONTRE LA DISCIPLINE

- Ne pas saluer un supérieur sous le prétexte qu'on a la main prise sous la chenille d'un tank ennemi.
- Laisser tomber son fusil pour ramasser ses tripes.
- Attendre la fin de la guerre dans le lit de la femme du général en chef.
- Organiser entre tranchées ennemies des concours de tir aux officiers vivants pour passer le temps.
- Balancer des officiers supérieurs sur les populations ennemies au lieu de bombes.
- Etant de cuisine, projeter, avec la complicité d'une grenade ennemie, sa cervelle dans la bisque d'écrevisses du colonel.

F. – CRIMES CONTRE L'HONNETETE

- Ne viser exclusivement que des généraux parce qu'ils ont les poches mieux garnies.
- Pendre plus de civils qu'il n'est nécessaire afin de trafiquer sur la corde de pendu.

G. – CRIMES CONTRE LE SAVOIR-VIVRE

- Répondre « Merde » au lieu de « La garde meurt et ne se rend pas ».

H. – CRIME HORS CONCOURS

- Déranger l'O.N.U. pour des histoires de crimes de guerre qu'on peut très bien régler tout seuls, à l'amiable, entre gens du monde. Par exemple, en faisant une nouvelle guerre.

Alors, maintenant, tu vois comme ça fait mal. Tu le laisseras encore traîner, ton casque, sur les chaises?
METZ-1883

LA VIE PRATIQUE

Petit dictionnaire des vacances

ADULTÈRE

Des vacances sans adultère, c'est de la soupe aux choux sans choux. Les ruses ne sont pas les mêmes qu'en ville, c'est ce qui en renouvelle l'intérêt.
A. VOUS ÊTES MARIÉ. Invitez votre épouse et la partenaire que vous avez choisie pour l'adultère à construire un château de sable. Quand il est presque terminé, envoyez votre épouse à l'hôtel chercher votre cache-nez. Lorsqu'elle revient, la marée a monté, vous et la partenaire êtes bloqués dans le château de sable, isolés du reste du monde. Vous n'y pouvez rien, c'est la fatalité. Il ne vous reste qu'à pratiquer l'adultère en attendant la marée basse. Votre épouse vous encouragera de la voix et vous lancera des sandwiches.
B. VOTRE PARTENAIRE EST MARIÉE. Invitez son mari à une partie de ski nautique. Pendant qu'il fera le beau sur les skis, vous, dans le canot, vous vous livrerez aux joies d'un adultère sain et bien fait. Observation : veillez à maintenir une longueur de corde suffisante.
Deuxième observation : Si le mari crie d'une façon vraiment désagréable (vous savez comment sont les maris), accrochez la ficelle derrière le paquebot « France » quand il passera près de vous.

AMPHORES

Récipients utilisés par les anciens Romains pour y mettre le vin. Les amphores sont pointues du bas. Il n'y a pas moyen de les faire tenir debout. Il faut être con comme un Italien pour inventer des trucs pareils. Quand ils voyageaient, les Romains buvaient beaucoup, car ils mangeaient du saucisson et des œufs durs. Ils balançaient les amphores vides par les hublots de la galère malgré que ce fût interdit à cause des gardiens de phares qui recevaient ça sur la figure. C'est pourquoi le fond de la Méditerranée est tapissé d'amphores et de molaires de gardiens de phares. Les amphores authentiques sont incrustées de petits tortillons en macaroni et portent, dans le coin à droite, gravé dans le plastique : Made in Japan. Les pêcheurs vont les noyer la nuit de la Saint-Jean après avoir collé dessus des coquilles de moules. Cela donne lieu à la belle cérémonie folklorique de la bénédiction des amphores.

ARCHÉOLOGIE SOUS-MARINE

Nom savant de la pêche aux amphores. Trouver une amphore, c'est bien. Mais encore faut-il la ramener à la surface. C'est très difficile. Au début, ça va. Et puis c'est de plus en plus pénible : l'amphore est attachée au fond de la mer par un élastique. Quand enfin, à bout de souffle, vous arrivez à la surface, l'élastique vous rappelle brutalement en arrière et tout est à recommencer.
De toute façon, quand vous émergez, épuisé mais fier, avec votre amphore, un type du gouvernement vous attend pour vous dire que vous lui devez cinquante francs. Quand vous avez payé, il vide l'amphore dans le creux de vos mains en vous faisant remarquer que c'est de la belle eau de mer de première qualité et que vous avez fait une affaire, et puis il emporte l'amphore chez le gouvernement. Car les amphores sont consignées. C'est comme ça. Vous ne pouvez pas rentrer de vacances sans amphore. Votre concierge vous cracherait sur les pieds. Alors, faites comme tout le monde : tuez.

CHÂTEAUX DE SABLE (CONCOURS DE)

Perfectionnement du jeu des pâtés de sable (voir ce mot) inventé par « Le Figaro ». Pour gagner le premier prix, les actifs petits architectes travaillent fièvreusement toute

l'année sur le coin de la table de la cuisine. Les pères de famille y consacrent tous leurs loisirs et bien des nuits blanches. Les gros paquets soigneusement bâchés que l'on voit sur le toit des voitures le 1er août sont les châteaux de sable que l'on transporte vers le lieu du concours.

COQUILLAGES

Petites bêtes à la peau très dure qui produisent le bruit de la mer. Le bruit de la mer est une saloperie qui empêche les honnêtes gens de dormir. Il est à souhaiter que les autorités responsables se décident à faire boucher tous les coquillages.

ENSABLEMENT

Charmante coutume enfantine consistant à recouvrir entièrement de sable le papa qui se prête en souriant à cette badinerie. On ne laisse qu'un petit trou pour qu'il puisse respirer et voir, et l'on tasse bien le sable avec les petites pelles. Lorsque le ciment rapide que l'on a pris soin de mêler au sable est bien dur, les petits espiègles pissent sur le nez de papa, lui enfoncent des oursins dans les yeux et lui annoncent que maman s'est fait la valise avec un gigolo, la GS et le carnet de chèques. On termine le travail en lui plantant dans la bouche une jolie croix de bois avec son nom dessus.

JEUX

Bornons-nous pour cette fois à quelques nouveautés intéressantes que nous vous recommandons vivement.
LE JEU DE LA MAILLE QUI FILE (pour dames, de préférence). Les concurrentes portent des maillots de bain en laine tricotée. L'extrémité du fil de laine de chaque maillot est solidement amarrée à la terre ferme. Au signal, les concurrentes plongent et foncent droit au large. Naturellement, les maillots de bain se détricotent. Celle qui se trouve nue la première gagne une paire d'aiguilles à tricoter. Il ne lui reste plus qu'à nager en sens inverse en tricotant pour pouvoir sortir de l'eau dans une tenue décente.

Attention ! A tout moment, on peut vous photographier. Ayez toujours les pieds propres.

LE JEU DE COMBIEN DE FOIS MON ENFANT. Les joueurs vont à l'église du village à l'heure de la confession. Le premier joueur s'agenouille devant le confessionnal. Il dit au prêtre : « Mon père, je suis un peu sourd. Pardonnez-moi s'il m'arrive de parler plus fort que je ne voudrais. » Ensuite, le joueur hurle à tue-tête les péchés les plus épouvantables. Quand il a terminé, le deuxième joueur prend sa place et dit : « Mon père, je suis un peu sourd, etc. ». Ainsi de suite jusqu'à l'épuisement des joueurs. Celui qui aura récolté la plus grosse pénitence aura gagné.
LE JEU DE Y A BON. Approchez-vous d'un petit enfant nègre, de préférence quand ses parents ne sont pas tout près. Demandez-lui gentiment : « Si je te dis "Y a bon", qu'est-ce que tu me réponds ? » Quelle que soit sa réponse, flanquez-lui une terrible paire de gifles en disant : « La bonne réponse c'était : sale raciste ! »
LE JEU DE L'ABEILLE SOUS-MARINE. Les concurrents, en tenue de bain, portent des masques de plongée.
On glisse une abeille à l'intérieur de chaque masque. Les concurrents plongent. Celui qui reste le plus longtemps sous l'eau a gagné. Il a le droit de manger le miel que l'abeille a fait dans son masque.

LOUPS DE MER (VIEUX)

Clochards parisiens loués durant l'été par l'Armée du Salut aux syndicats d'initiative des stations balnéaires.
Avec un peu de goudron sur la gueule, deviennent vieux loups de mer burinés au parler plein de verdeur. Chiquent et tricotent, mais n'aiment pas beaucoup ça. Alors, vous crachent sur les pieds. Ou dans l'œil si vous ne leur payez pas un litre.

Il ne reste plus beaucoup de vieux loups de mer authentiques, parce que les restaurants leur font la chasse. Ils les empaillent, les vernissent, les clouent sur un socle et les plantent devant la porte pour présenter le menu.

MARÉE

Préjugé ridicule répandu par les hôteliers de montagne pour discréditer les bains de mer. En réalité, les dangers de la marée n'existent que dans l'imagination des noyés. Un peu de sang-froid et de logique eussent sauvé bien des vies humaines. En effet, si la mer monte, disons, en Bretagne, il est clair qu'au même moment elle baisse en face, c'est-à-dire en Amérique. Essayez avec une assiettée de soupe et vous verrez. Lorsqu'on est surpris par la marée montante en Bretagne, il suffit donc de marcher vers l'Amérique pour trouver la marée descendante. Au lieu de cela, les pauvres andouilles s'obstinent à essayer de gagner la côte la plus proche, et ils sont noyés.

MONTAGNE

Endroit où vont ceux qui sont trop mal foutus pour oser se montrer en caleçon de bain. Ils font semblant d'aimer ça mais au fond ils ont honte. Ça ne trompe personne. Les vraies vacances, c'est la mer. Nous devons mépriser ceux qui vont à la montagne.

PÂTÉS DE SABLE

Jeu de plage inventé par les parents dans un dessein étroitement égoïste : pendant que les bambins se fendent la tête à coups de petite pelle, les papas peuvent tranquillement se bronzer le nez au bistrot du port avec des créatures sur les genoux.

PÉTANQUE

Sport snob excessivement. Consiste à empêcher les tramways de passer. Accessoires : quelques grosses boules très dures et l'accent marseillais. Les joueurs traînassent au milieu de la chaussée, leurs boules pendant au bout des bras. C'est tout ce qu'ils ont à faire. Les tramways s'arrêtent, car les conducteurs de tramways sont lâches et de toute façon c'est prévu dans l'horaire. Quand un joueur a mal au bras, il jette sa boule n'importe où et il dit qu'il l'a perdue. Mais il y a toujours un imbécile pour la lui rapporter.
Ce jeu distingué a conquis la France entière. Il existe des écoles Berlitz d'accent marseillais jusque dans les provinces les plus reculées.

PIEUVRE

Alibi des chasseurs sous-marins quand ils rentrent tard à la maison : « J'ai été retenu par une pieuvre. »

SIRÈNES

Êtres mi-femmes mi-poissons qui chantent d'une voix mélodieuse lorsqu'on coupe leurs queues pour en faire des sardines à l'huile. Leur chant attire les avions de bombardement. Mais les malins se fourrent de la cire dans les

oreilles, courent acheter des kilos de sucre et enterrent leur livret de caisse d'épargne. Ceux qui ont connu leur étreinte n'ont eu qu'à s'en louer : ce sont des amantes expertes et fougueuses. Il est toutefois recommandé de s'en abstenir pendant les mois sans R. Très recherchées dans les partouzes chic de la Côte d'Azur. Avant l'arrivée des invités, on met toujours à rafraîchir quelques sirènes dans le lavabo.

SKI NAUTIQUE

Sport coûteux, mais dont les règles sont simples : il s'agit pour les estivants riches d'emmerder les estivants pauvres. Contrairement à ce que croient beaucoup de profanes, le centre d'intérêt ne réside pas dans les laborieux efforts de l'imbécile qui se fait traîner sur deux bouts de bois. Non. Ce qu'il faut admirer, c'est le canot tout neuf avec le gars en casquette de capitaine et la belle fille cheveux au vent. Le type sur les skis n'est qu'un figurant loué à l'heure. La maison Trigano vient d'ailleurs de lancer sur le marché un skieur en plastique gonflable.
Les hors-bord et chris-craft sont munis de moteurs spéciaux, étudiés pour faire beaucoup de bruit (grelots dans les cylindres). On peut encore améliorer le rendement sonore en fixant des bouts de carton qui font « brrr » dans les ailettes de l'hélice.

SOUVENIRS

Il faut mépriser les souvenirs cuculs qui font la joie des âmes naïves : galets décorés, coffrets en coquillages, bateaux dans bouteilles, etc. Tout cela est très vulgaire. Et puis d'abord, c'est fabriqué en Allemagne de l'Ouest par des Chinois réfugiés, ah la, la, le Marché Commun, une belle saloperie, oui. Laissez cela aux badauds.

Efforcez-vous plutôt de découvrir l'Objet qui marquera cette période enchanteresse de votre vie de son empreinte ineffaçable et donnera à vos amis une haute idée de votre goût et de l'originalité de votre esprit.
Par exemple :
– Le thermomètre médical bloqué sur quarante et trois dixièmes depuis le lendemain du jour où vous dégustâtes les réputées palourdes farcies de la mère Tatave.
– La corde du skieur nautique qui décapita votre mari.
– Plusieurs maladies honteuses aux couleurs chatoyantes.
– L'addition de la table d'à côté (ces gens qui mangeaient du homard, du caviar, et buvaient du champagne avec tout).
– La porte des cabinets de l'hôtel avec ses merveilleux graffiti obscènes et ses escargots.
– Une corde à linge garnie de dessous rustiques pour décorer votre living.
– Tous les platanes que vous n'avez pas encadrés mais que vous auriez pu.
– La glace à la framboise qui vous servit d'entrée en matière pour la plus prestigieuse et la plus blonde de vos conquêtes.

– Vos lunettes de soleil brisées par le poing du gros brutal que vous n'aviez pas vu et qui était assis de l'autre côté de la blonde à qui vous aviez offert la glace à la framboise.
Si vous êtes très, très intelligent et si vous fréquentez des gens très, très intelligents, alors, mais seulement alors, achetez carrément le coffret en coquillages ou la poupée en coiffe bretonne. Façonnez-vous la petite lueur dans l'œil et l'à peine sensible plissement du coin de la lèvre qui rassureront le visiteur et l'introduiront dans les délectations ésotériques du second degré. Si vous craignez que la subtilité de vos intentions échappe à certains esprits superficiels, mettez une pancarte sur l'objet : « Ce que c'est con, hein, c'est pas croyable ! » Mais, encore une fois, seulement si vos amis sont très, très intelligents.

VOLLEY-BALL

Jeu idiot, mais imposé par les femmes, surtout les veuves et les divorcées, parce qu'il leur permet de garder les bras en l'air, ce qui leur donne des seins de premières communiantes. On ne saurait trop recommander aux messieurs de faire montre de la plus grande circonspection. Combien de mariages se sont noués pendant l'ivresse d'une partie de volley-ball pour sombrer dans la cruelle désillusion des « après » flaccides !
Si votre fiancée ne s'est jamais montrée à vous qu'en train de jouer au volley-ball, ou de pendre du linge à sécher, ou de laver les vitres, ou de peigner la girafe, ou d'accrocher le cochon au clou du mur pour que le sang s'écoule dans le baquet, alors posez-vous des questions.

UN QUESTIONNAIRE

Faites le bilan

Vous voilà rentré de vacances. Un mois au grand air, ça vous retape un homme ! Mais n'êtes-vous pas curieux de savoir exactement à quel point ces vacances vous ont fait du bien, dans tous les domaines ? Si c'est le cas répondez sans tricher aux questions que voici.

	AVANT LES VACANCES	APRÈS LES VACANCES
SANTÉ		
Poids (en kg)..		
Tension artérielle..		
Température (rectale de préférence)..		
Tour de biceps..		
Centimètres cubes d'alcool par litre de sang..		
Nombre d'épines d'oursin dans les orteils..		
Nombre de harpons sous-marins dans les fesses..		
Acuité visuelle :		
Distance maximum à laquelle vous pouvez distinguer Miou-Miou de l'archevêque de Paris (en mètres)..		
Acuité auditive :		
Distance maximum à laquelle vous pouvez entendre votre femme vous appeler à la soupe (en kilomètres)..		
Odorat :		
Temps nécessaire pour que vous puissiez identifier, à l'odeur, un camembert reçu en pleine figure (en secondes)..		
Goût :		
Temps nécessaire pour que vous vous rendiez compte que ce n'est pas votre femme que vous êtes en train d'embrasser, mais le facteur (en heures).........		
Toucher :		
Temps nécessaire pour que vous reconnaissiez, au toucher, un melon pourri d'un sein d'honnête femme (en secondes)..		
Réflexes :		
Nombre de secondes écoulées entre le moment où le réveille-matin commence à sonner et celui où votre poing s'abat dessus..		
Nombre de secondes entre le moment où l'on vous botte le derrière et celui où vous tendez l'autre joue..		

de vos vacances

	AVANT LES VACANCES	APRÈS LES VACANCES
Sommeil : Nombre quotidien de pipis au lit involontaires.......... Nombre quotidien de pipis au lit volontaires..........		
FINANCES Nombre de plaintes déposées contre vous pour émission de chèques sans provision..........		
AMOUR **Pour Monsieur seulement :** Écoulement blennorragique (en litres par heure).......... **Pour Mademoiselle seulement :** Nombre de jours de retard..........		
TRAVAIL Combien de fois par jour annoncez-vous que vous sortez pour chercher du travail ?..........		
FAMILLE Nombre de négrillons parmi vos enfants légitimes..........		
JOIE DE VIVRE Pendant combien de temps avez-vous ri quand vous avez retrouvé votre pavillon dévalisé par les cambrioleurs et détruit par l'incendie ?..........		
TOTAUX :	(A)	(B)

Maintenant, faites le total de chacune des deux colonnes A et B. Faites la soustraction B moins A. Si vous trouvez un nombre :

Au-dessus de 10 000 : Vous vous foutez de nous.
Entre 10 000 et 14 : Vous êtes vraiment un type fait pour les vacances. Qu'est-ce que vous allez souffrir pendant onze mois !
Entre 14 et 5 : Que ceci vous serve de leçon : il y a ceux qui sont faits pour s'amuser et ceux qui sont faits pour travailler.
Au-dessous de 5 : Vous ne passerez pas l'hiver.

Le jardin

Le printemps est là ! Bon jardinier, es-tu prêt ? Descendons ensemble faire un tour de jardin et passer la revue de détail.

La pelouse

Ah, ah, au premier soleil, la pelouse commence à s'émanciper ! Vous savez comment sont les pelouses : si on ne les tond pas deux fois par semaine, ce n'est plus de la pelouse, c'est de l'herbe. De l'herbe ? De l'herbe. Horreur... Un conseil : coulez une bonne fois pour toutes dix centimètres de béton sur la pelouse, lissez bien et peignez-moi ça en vert pelouse. Oui, mais, les poils ? Une pelouse sans poils, il lui manque quelque chose, moi je trouve. Les poils, hein ? Eh bien, avant de peindre en vert, collez-y du tapis-brosse. Vous pouvez aussi noyer des râteaux dans le béton, beaucoup de râteaux, les pointes en l'air, bien serrés. Oui, mais la tondeuse ? Une pelouse sans tondeuse, c'est comme une télé quand a coupé le son. Qu'à cela ne tienne ! Procurez-vous, dans la série « Les bruits de la nature », un disque d'ambiance de tondeuse à gazon, mettez-le sur votre chaîne stéréo et faites-moi tourner ça à pleine puissance. Moelleusement installé dans votre jolie balancelle à pompons, un whisky à la main, vous en profiterez beaucoup mieux qu'en vous échinant à marcher derrière la tondeuse.

La mousse

Mais que vois-je ? Les troncs des arbres du parc sont recouverts d'une épaisse couche de quelque chose de vert. Absolument répugnant ! Nous autres spécialistes, nous appelons cela de la mousse. La mousse est une saleté inutile. Ça fait désordre. Les voisins vous méprisent. On a observé que les arbres ont la triste habitude de se couvrir de mousse sur leur côté exposé au Nord. Si vous ôtez cette mousse, elle revient aussitôt, plus drue qu'avant. Nous devons donc envisager des mesures plus radicales. Certains vous conseilleront de confisquer la petite boussole en métal argenté avec la jolie petite chaîne et le petit sifflet que vous aviez offert à votre arbre pour sa première communion. Mauvais calcul. Outre que vous lui ferez beaucoup de peine, les résultats seront décevants. L'arbre, certes, ne saura plus où se trouve le Nord, mais alors il se couvrira de mousse de tous les côtés, et vous serez bien attrapé. Non. Voici ce qu'il faut faire. Il faut déplanter proprement l'arbre et le replanter dans le même trou, mais en le tournant sur lui-même de façon à ce qu'il ne soit plus exposé au Nord. Une bonne chose de faite.

PROTÉGEZ VOTRE GAZON

Les mauvaises herbes

Les mauvaises herbes sont le pire ennemi du bon jardinier. Exterminez-les sans pitié dès qu'elles apparaissent. Par exemple, sur les arbres. Au printemps, les arbres se couvrent de mauvaises herbes particulièrement nuisibles que nous nommons « bourgeons ». Guettez l'apparition des bourgeons. Dès qu'ils pointent leur vilain nez, écrasez-leur la gueule à coups de marteau à bourgeons. Vos arbres vous diront un merci ému.

La tronçonneuse

Ne quittons pas nos chers arbres sans dire un mot de leur meilleure amie : la tronçonneuse. Vous savez combien ce merveilleux petit compagnon de vos week-ends vous a coûté à l'achat, et combien les traites pèsent lourdement sur votre budget. Il importe donc, si vous voulez l'amortir, que vous en tiriez le maximum de plaisir. Par exemple, lorsque vous avez décidé de couper un arbre, choisissez-le le plus gros et le plus haut possible. Et ne le coupez pas bêtement à ras du sol, ce serait tout de suite fini. Commencez plutôt par le couper tout en haut. Coupez-en une rondelle chaque week-end. Si vous faites des rondelles très fines, vous aurez du plaisir pendant beaucoup de beaux week-ends ensoleillés.

Les nuisibles

On appelle « nuisibles » des sales bêtes qui ne devraient même pas exister. Elles n'ont qu'une idée en tête : nous faire pleurer. Non contentes d'être voraces, visqueuses, pleines de pattes, répugnantes quand on les écrase et sans respect pour le bien d'autrui, elles affichent un cynisme révoltant. Avouez qu'il faut une sacrée dose de cynisme pour oser s'appeler « nuisible ». Elles sont de plusieurs sortes. Il y a les limaces qui bavent, les chenilles qui vous

FACILITEZ LA CROISSANCE DE VOS JEUNES ARBRES

chatouillent dans le cou, les escargots même pas bons à manger, les pucerons qui changent les roses en merde de puceron, les taupes, les lapins, les sangliers, les jeunes voyous du HLM du coin de la rue, les mésanges, les rossignols, les cigognes, les éléphants...
N'essayez pas de les raisonner, de les convaincre par douce persuasion, de leur lire des contes de fées. Ils vous riraient au nez et vous fienteraient dessus. Rien ne peut les toucher. C'est de la racaille, ça a le mal dans la peau. Avec ce genre de mecs, on ne discute pas. On tue. Tuez.
Le plus nuisible de tous est l'éléphant. Creusez donc des pièges à éléphants dans votre jardin. Creusez-en beaucoup. Creusez profond : tenez compte de la trompe. Votre piège doit être assez profond pour que, debout sur ses pattes de derrière et la trompe dressée, l'éléphant ne puisse atteindre le sol. En effet, l'éléphant ne peut mourir que de faim, car son cuir est absolument impénétrable aux projectiles, aux instruments tranchants ou perforants. Mais si le bout de sa trompe parvient à affleurer le niveau du sol, les petits enfants poseront des cacahouettes sur le bout de cette trompe et l'éléphant ne mourra jamais. Vous me direz que les éléphants sont plutôt rares sous nos climats. Oui, mais songez qu'un seul éléphant dévore trois hectares de verdure par jour !
Tout de suite après l'éléphant, il y a la taupe. Celle-là, quelle salope ! On croit généralement que la taupe est un animal actif et travailleur qui creuse un réseau très compliqué de galeries souterraines avec, de loin en loin, un petit monticule en forme de volcan pour venir respirer le bon air. C'est faux. La taupe est une feignante. Parce qu'on ne l'a jamais vue se déplacer au-dessus du sol, on en a conclu, un peu vite, qu'elle se déplace dessous. La vérité est que la taupe saute d'un de ces petits monticules à un autre quand on a le dos tourné. Elle suit ainsi le jardinier et repère où il sème les bonnes graines sélectionnées qu'elle viendra dévorer pendant la nuit. Je vous laisse imaginer les ricanements diaboliques de la sacrée foutue ordure ! Trop paresseuse pour creuser les réseaux de galeries qu'on lui attribue, elle les creuse pour avoir la réputation d'une travailleuse. C'est donc une hypocrite, en plus. Nous devons nous réjouir lorsque nous tuons une taupe et sonner du cor afin que tout le pays se réjouisse avec nous. Cela est agréable au Seigneur notre Dieu.
Oui, mais, comment tuer la taupe ? J'y viens. La taupe, vous n'êtes pas sans l'avoir entendu dire, est fort myope. C'est d'ailleurs ce qui la rend si effrontée : elle ne voit pas le danger. Nous allons mettre à profit cette circonstance, car toujours la Providence a su, à côté du mal, nous présenter le remède. Posons, sur le haut du monticule dont la taupe est si fière, une paire de lunettes très belles, très modernes, ainsi qu'un magazine de luxe ouvert à la page où il y a justement une publicité vantant ces mêmes lunettes. La taupe, dès qu'elle passera le nez, verra la publicité prestigieuse et, avant même que l'envie ne l'ait mordue au cœur, verra, juste à côté, en vrai, les lunettes convoitées. Que fera-t-elle ? Elle ôtera ses vieilles lunettes démodées puis, sautant de joie, elle chaussera les jolies lunettes. Elle n'aurait pas dû. Car, vous l'avez compris, ce ne sont pas des lunettes pour myope, mais des lunettes pour presbyte que vous aviez posées là, rusé compère ! Croyant réintégrer son trou, elle saute dans le pâté en croûte que vous avez eu soin de disposer tout près de là. Vous n'avez plus qu'à rabattre le couvercle du pâté et à porter le tout au four. Ce soir, vos invités vous feront des compliments pour votre délicieux pâté de grives.

Les pneus

Pas de beau jardin sans pneus. Le jardinier averti met de côté les pneus de tous les camions qui, ratant le virage, viennent terminer leur course vagabonde dans la salle à manger de son pavillon. Le printemps venu, il va faire merveille avec ses pneus.
D'abord, bien sûr, un faux puits. C'est ce qui vient tout de suite à l'esprit, et ce n'est que justice, car c'est bien ce qu'il y a de plus beau. Entasser les pneus jusqu'à hauteur de margelle, les peindre couleur de vieilles pierres moussues (si l'on n'est pas très sûr de ses dons artistiques, on peut très élégamment y remédier en employant du Vénilia-décor auto collant, c'est très joli, mais évidemment il y manquera cette touche personnelle que vous seul pouvez y apporter). Mais attention, il faut que votre puits ait l'air d'un faux puits, très bien imité, mais faux. Les vieilles pierres moussues doivent avoir l'air de fausses vieilles pierres moussues merveilleusement bien imitées, mais pas trop. Si ça a l'air trop vrai, les passants se diront : « Peuh, c'est un vrai puits, il n'a aucun mérite. »
Un puits, c'est beau. Deux puits, c'est encore plus beau. Plus vous mettez de puits, plus c'est beau. Oui, me direz-vous, mais le jardin n'est pas élastique. C'est vrai. Mais l'espace comprend trois dimensions. Quand votre jardin est entièrement couvert de faux puits juxtaposés, vous pouvez toujours exhausser vos puits par superposition de nouveaux pneus, pratiquement sans limite. N'oubliez pas de compléter chaque puits par un petit machin avec un petit treuil, une petite manivelle et un petit toit par-dessus, c'est la touche de fignolage qui fera délicieusement rustique.
Il vous reste encore des pneus ? Qu'à cela ne tienne, le pneu se prête à toutes les formes de création artistique. Lorsque vous aurez réussi à exécuter une copie ressemblante de la statue de la Liberté uniquement en vieux pneus, vous pourrez vous considérer comme maître en cet art délicat. Vous serez à même de vous attaquer à des œuvres majeures, comme par exemple la célèbre Vénus de Milo. Le plus dur à faire, c'est les bras, et après il faut les lui couper.

LES MERVEILLES DE LA TECHNIQUE MODERNE AU SERVICE DU JARDIN

Cintreuse à haricots

Blanche-Neige

Très important ! Pas de jardin qui se respecte sans Blanche-Neige et les sept nains en faïence émaillée, joliment semés sur la pelouse. Mais attention, ne vous trompez pas en comptant. Un amateur de jardins un peu distrait qui avait disposé huit nains au lieu de sept fut aussitôt lynché par ses voisins.

Le compost

Le bon jardinier méprise les engrais chimiques. Il n'utilise que le compost naturel qu'il tient à préparer lui-même. L'art du compost est subtil. Ça ne s'improvise pas. Il faut observer longuement, amoureusement, les fermentations obscures de la nature, le cycle mystérieux des transformations, savoir interpréter les danses rituelles des asticots, suivre pas à pas les cheminements incantatoires des vers de terre... L'art du compost est une ascèse.

ÉCHELLE A DOUBLE EFFET

Ⓐ Position pour cueillir les cerises.

Ⓑ Position pour cueillir les fraises.

Voici comment procéder. Choisissez un endroit ombreux mais sans excès, venteux mais avec modération, en pente mais avec retenue, herbu mais pas trop, bétonné mais avec mesure, humide mais pas mouillé, sec mais pas cassant. Bien. Nous pouvons commencer.

L'élément de base du compost, ce sont les ordures. Mais attention ! Nos ordures ménagères contiennent une énorme proportion de matériaux inutiles au compost, et même nuisibles. Vous allez donc faire deux tas. D'un côté, les épluchures, les feuilles mortes, les restes de soupe, les dégueulis de vinasse, les cacas, les tampax tombés au champ d'honneur, les chats crevés, les rognures d'ongles, les grands-pères qui ne gagnent plus ce qu'ils mangent, les crottes de coins d'yeux, les enfants non désirés, les balayures, les sciures, les râclures, en un mot, tout ce qui est susceptible de pourrir. L'autre tas comprendra les bouteilles vides, les bandages à hernies, les vieilles télés, les camions dont vous avez ôté les pneus pour faire le puits (voir plus haut) après les avoir extraits de la salle à manger, ce qui reste du lustre de la salle à manger, les pots de yaourt en plastique, les déchets nucléaires, le buffet Henri II, le testament de la grand-mère qui se trouvait dans le tiroir du buffet mais ça vous ne le savez pas vous l'apprendrez bien assez tôt, enfin, bref, tout ce qui n'est pas susceptible de pourrir.

Bon. On voit déjà plus clair.

Le tas numéro un, c'est rien que de la cochonnerie. La preuve, ça pue. Videz-le, pendant la nuit, par-dessus la haie, dans le jardin du voisin. Montez la garde toutes les nuits, fusil au poing, afin d'empêcher le voisin d'en faire autant dans votre jardin.

Le tas numéro deux, c'est tout du bon.

Disposez-en une bonne couche, bien régulière, épaisse d'environ cinq millimètres, à même la terre. Si la terre n'est pas très propre, étendez d'abord un tapis, de préférence d'Orient. Si quelque ressort de sommier, quelque baleine de corset ou quelque pédale d'embrayage dépassent de la couche, rabattez-les sans pitié à coups de fourche en jurant grossièrement. Étalez maintenant une couche de goudron de première qualité. Puis une couche de boîtes de thon à la tomate, préalablement vidées avec soin. Puis une couche de faux-cols en celluloïd, article malheureusement de plus en plus rare, les vils mercantis préférant nous imposer des cols synthétiques indéformables, qui leur laissent de plus gros bénéfices, sans se soucier du marasme où ils plongent l'agriculture. Ah, il est beau, le progrès ! Et maintenant, une couche de mâchefer, une couche de boutons d'uniforme de la Kriegsmarine, une couche de fusils de chasse à canons côte à côte, justement ils sont depuis peu complètement passés de mode, bonne aubaine pour vos légumes, une couche de fauteuils de camping pliants, une couche d'huile à moteur, une couche de tôles ondulées galvanisées numéro quatre. Remuez le tout d'une fourche légère. Quand le mélange est bien homogène, couvrez d'un paillasson, le compost craint le froid. Voilà. Il ne vous reste plus qu'à attendre.

Quand votre compost aura atteint la consistance d'une poignée de main hypocrite et l'odeur d'une journée de nage en plein Atlantique au milieu d'une flaque de mazout, il sera prêt. Vous pouvez évidemment le répandre au pied de vos jeunes plants, lesquels assimileront avec gourmandise cette bonne nourriture que vous assimilerez à votre tour lorsque vous les mangerez. Mais pourquoi cette perte de temps ? Bouffez donc votre compost à la louche, ça vous fera les cuisses fraîches.

Guerre atomique (petit manuel du civil en cas de)

A quoi reconnaît-on une explosion atomique ?
On reconnaît une explosion atomique à un certain nombre de signes qui ne trompent pas. Ces signes sont : le souffle, la lumière, la chaleur et les atomes.

Comment peut-on identifier ces signes qui ne trompent pas ?
On peut les identifier par les méthodes suivantes :

A. Le doigt mouillé. On trempe son doigt dans sa bouche et on le tient en l'air. Si le doigt se couvre de mousse du côté du Nord, l'hiver sera frais. Si le doigt tombe tout seul, c'est qu'il est mûr : secouez le bras pour faire tomber les autres (le rayonnement atomique fait mûrir les doigts prématurément).

B. Le compteur de Geiger. Le compteur de Geiger est un appareil qui détecte le rayonnement atomique. En cas de doute, on tient le compteur de Geiger à la main et l'on observe soigneusement ses réactions. Si le compteur se transforme en tas de cendres, il s'agit bien d'une bombe atomique. Si le compteur est projeté au loin ainsi que votre main, votre bras et la manche de votre costume, il ne s'agit probablement que d'une bombe ordinaire : aucune raison de s'alarmer.

C. La forme des cloques. Si votre joue se couvre de cloques en forme de champignons, une bombe atomique a probablement éclaté dans cette direction. Tendez l'autre joue.

D. Le vol des oiseaux. Si vous voyez les cailles se rassembler en formation de vol et se diriger à grande vitesse vers le sol, plumées et rôties, posez-vous des questions.

E. L'aspect du paysage. Sortez de chez vous. Si vous vous trouvez dans une rue de Hong Kong au lieu d'être dans une rue du XIIIe arrondissement, il s'est passé quelque chose pendant la nuit.

Une explosion atomique peut se produire en l'air, à terre ou sous la mer. Comment le savoir ?
Très facilement. Vous avez la bouche pleine de terre : l'explosion s'est produite à terre. Vous avez la bouche pleine d'eau de mer, d'air ou de n'importe quoi : l'explosion s'est produite dans la mer, dans l'air ou dans les latrines.

La distance de l'explosion par rapport à vous n'est pas sans présenter un certain intérêt. Comment la déterminer ?
En mesurant la vitesse des objets que vous voyez passer. Votre femme se mettra à la fenêtre de la salle à manger. Vous, muni d'un chronomètre (ou, à défaut, d'un réveil), à la fenêtre de la chambre à coucher. Lorsqu'un objet passe devant votre femme, elle fait « Hop ! » et vous appuyez sur le déclencheur. Quand l'objet passe ensuite devant vous, vous lâchez le déclencheur. Un calcul simple vous donnera la vitesse et, par suite, l'éloignement du point d'impact. Attention ! Rectifiez vos calculs suivant la masse des

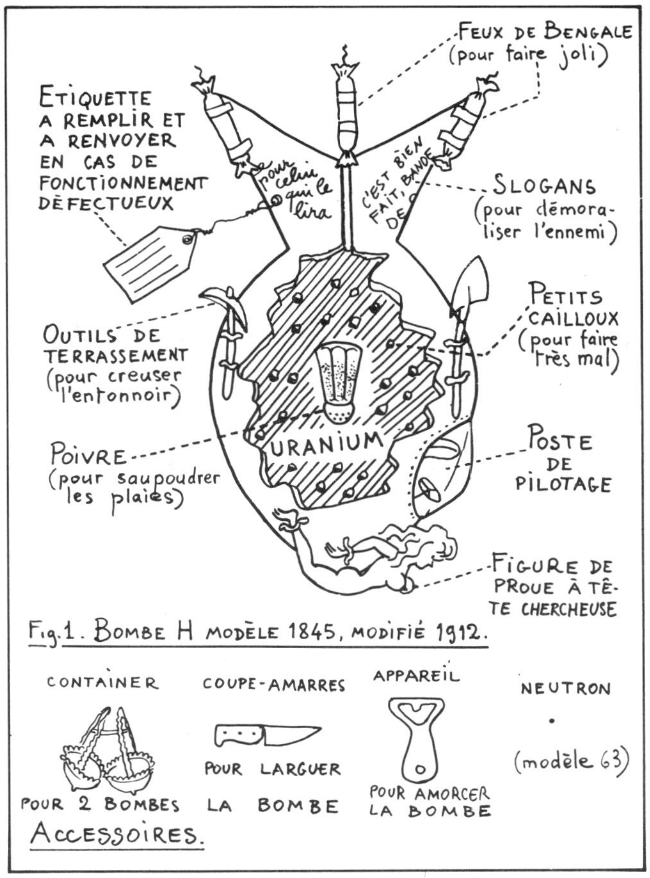

Fig. 1. BOMBE H MODÈLE 1845, MODIFIÉ 1912.
ACCESSOIRES.

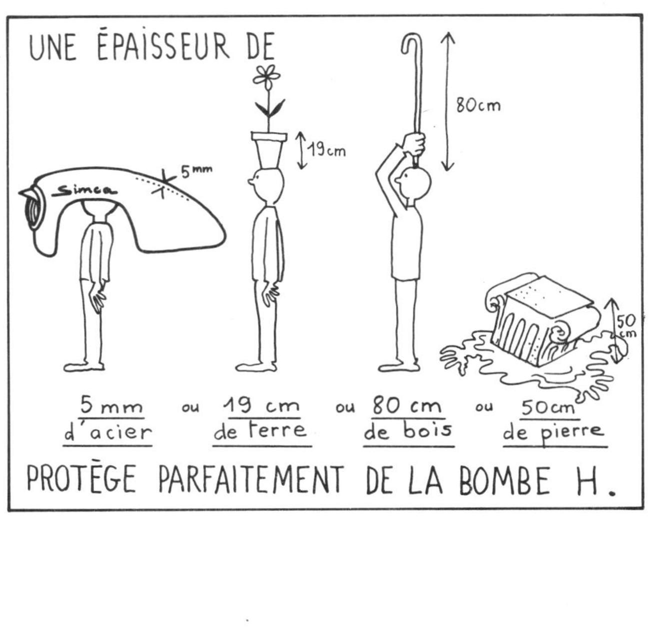

objets. A titre indicatif, une femme enceinte va deux fois moins vite qu'un malade, un malade va trois fois moins vite qu'un enfant. (Les bombes ennemies tombent TOUJOURS sur une maternité, sur un hôpital ou sur une école. Parfois sur une église : un évêque = deux curés = quatre enfants de chœur.)

Que faut-il faire en cas d'explosion atomique ?
Dès que vous voyez l'éclair atomique, courez acheter des kilos de sucre, des boîtes de sardines et des haricots secs. Plus l'éclair est gros, plus la guerre sera longue.
Si vous êtes un peu lâche, courez vous abriter.

Où se trouvent les abris anti-atomiques ?
Contrairement aux bombes dites « classiques », la bombe atomique ne demande pas d'abris spéciaux et coûteux. Un rien suffit pour être parfaitement protégé : un fossé, une touffe d'herbe, un mouchoir noué aux quatre coins, un journal plié en deux, sont plus efficaces que le béton et font moins mal quand on les reçoit sur la figure.

Quels sont les premiers soins à donner aux atomisés ?
Pour les blessures ordinaires, la teinture d'iode est recommandée. Si le blessé est radioactif, un rinçage à l'eau fraîche ne peut pas lui faire de mal. La radioactivité provoque parfois un léger mal de tête : c'est alors l'aspirine qui donnera les meilleurs résultats.

Que faire après l'explosion ?
Avant tout, comptez les survivants. Si vous pouvez compter, c'est que vous êtes encore en vie, ce qui est déjà un résultat intéressant.
Évidemment, il y a beaucoup de dégâts. Peut-être vous manque-t-il, à vous-même, quelques organes utiles. En tout cas, dites-vous bien ceci : une fois que la bombe a explosé, vous pouvez être tranquille, elle n'explose jamais deux fois.

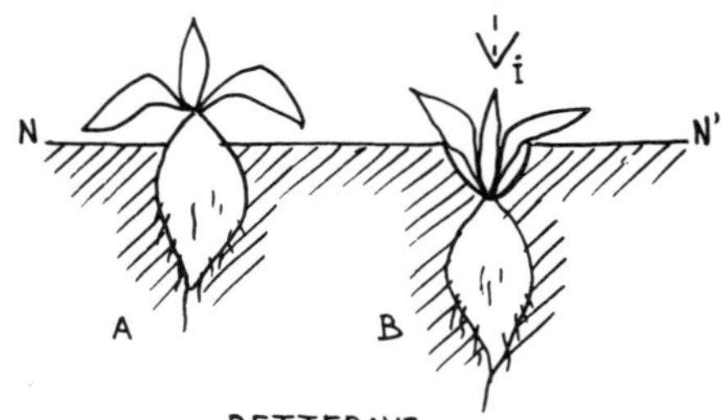

BETTERAVE
A. Avant la Bombe B. Ayant reçu la Bombe
(N-N' : niveau du sol)
(I : point d'impact)

Cas particuliers :
Si la bombe n'a pas explosé, il faut vite la désamorcer en tapant fort sur le bout pointu avec un marteau.
Si la bombe fait « Psssschchch... », c'est que l'uranium est humide. Mettez-la quelques instants dans le four ou dans votre lit, près de vous.

Quand peut-on sortir de l'abri ?
Dès que la chaleur devient supportable. Pour le savoir, envoyez un gosse hors de l'abri, par exemple pour acheter des bonbons. Si le gosse est porté à l'incandescence, il vaut mieux attendre encore un peu. Envoyez d'autres gosses, qui deviendront successivement blanc éblouissant, rouge cerise, rouge sombre, etc., jusqu'à température normale. Il faut évidemment avoir un certain nombre de gosses à sa disposition. Les statistiques démontrent que les directeurs d'école et les pères de familles nombreuses ont des chances de survie supérieures à la moyenne.
En voiture, il suffit de cracher contre le pare-brise. Si votre crachat file tout droit, c'est qu'il n'y a plus de pare-brise. Il a fondu. Un simple coup d'œil dans l'annuaire vous renseignera sur la température de fusion des pare-brise.

Recommandation importante :
Surtout, quoi qu'il arrive, ne vous affolez pas. Dites-vous bien que vos dirigeants ont tout prévu.

En cas d'explosion atomique

CE QU'IL NE FAUT PAS FAIRE	CE QU'IL FAUT FAIRE
Pisser sur la bombe pour l'éteindre.	Ramasser la bombe et la jeter dans le jardin du voisin.
Dire « Aie ! » (Cela peut renseigner l'ennemi sur l'efficacité de son tir.)	Dire : « Je m'en fous ! Tu m'as pas fait mal ! Tralalaire ! »
Se protéger la figure de ses mains. (Les mains sont utiles pour arracher les betteraves. La figure, non.)	Poser ses mains croisées sur sa tête. (On retombe presque toujours sur la tête.)
L'amour. (La femme, seule, est protégée. Vous, vous recevez tout sur le dos.)	L'amour. (Rechercher des solutions moins défavorables pour l'élément masculin.)
Manger des pieds de cochon. (Risque d'avaler des petits os de travers.)	Manger de la purée. (50 % des neutrons sont arrêtés par une épaisseur de 8,75 m de purée.)
Gratter ses plaies avec des ongles sales.	Prendre un billet pour Lourdes.
Profiter des malheurs de la patrie pour utiliser les w.-c. pendant les arrêts du train dans les gares.	Payer ses impôts.
Mettre ses doigts dans son nez. (Si votre nez est emporté, vous perdrez vos doigts, en plus.)	Se mettre du coton dans les oreilles pour ne pas entendre crier les gosses.
Cracher en direction de l'explosion. (Ça vous revient dans la figure.)	Finir la bouteille de beaujolais. (Autant que les Russes n'auront pas.)
Ouvrir la porte de l'abri pour laisser entrer votre femme qui s'est attardée dehors.	Attendre que votre femme soit entièrement fondue : alors, elle se coulera sous la porte.
Blasphémer le nom du Seigneur et mettre en cause les habitudes sexuelles de son Fils ou de la Sainte Vierge.	Promettre à Dieu que, si l'on s'en sort, on sera moins radin à la quête, le dimanche.

Les jeux et les ris

UN JEU D'OBSERVATION

Observez bien cette photo.
Dans une seconde, la pancarte « Grandes Lignes » va se détacher. Indiquez d'une croix les personnes qui vont être tuées.

QUESTION SUBSIDIAIRE.

Donnez le nom et l'adresse de ces personnes.

UN JEU RÉSERVÉ AUX LECTEURS QUI ONT UN BEC-DE-LIÈVRE

CHARADE

Mon premier est un petit poisson
qui nage dans l'huile.

Mon second est un arbre fruitier.

Mon tout est un roi de France.

SOLUTION

Anchois Pommier.
(Evidemment, si vous n'avez pas de bec-de-lièvre, vous ne pouvez pas apprécier.)

UN JEU SOCIAL

Le jeu de "Si ta sœur"

Voici un jeu de société rafraîchissant par les grosses chaleurs et qui offre en même temps l'avantage de vous faire mieux connaître vos amis.

Ce jeu se pratique à deux : un questionneur et un questionné. Annoncez que vous êtes le questionneur et laissez à votre adversaire le choix de ce qu'il veut être.

Commencez :

– Si ta sœur te disait : « Je veux épouser un nègre », que lui répondrais-tu ?

Il y a deux possibilités :

A. – Votre ami répond : « Je la bénirais ».

B. – Il s'écrie : « La salope ! »

S'il a répondu A, vous passez à la deuxième question :

– Si ta sœur te disait : « Je veux épouser deux nègres », que lui répondrais-tu ?

Là, il y a peu de chance pour que votre ami réponde par A. Si c'est cependant le cas, passez à la troisième question :

– Si ta sœur te disait : « Je veux épouser trois nègres », que lui répondrais-tu ?

Continuez en ajoutant des nègres jusqu'à ce que votre ami s'écrie : « La salope ! »

A ce moment, dites : « Sale raciste ! » et ne lui serrez plus jamais la main.

UNE CHARADE INTERMINABLE

Mon premier est un personnage des Mille et Une Nuits.
Mon deuxième est un voleur.
Mon troisième est un voleur.
Mon quatrième est un voleur.
Mon cinquième est un voleur.
Mon sixième est un voleur.
Mon septième est un voleur.
Mon huitième est un voleur.
Mon neuvième est un voleur.
Mon dixième est un voleur.
Mon onzième est un voleur.
Mon douzième est un voleur.
Mon treizième est un voleur.
Mon quatorzième est un voleur.
Mon quinzième est un voleur.
Mon seizième est un voleur.
Mon dix-septième est un voleur.
Mon dix-huitième est un voleur.
Mon dix-neuvième est un voleur.
Mon vingtième est un voleur.
Mon vingt-et-unième est un voleur.
Mon vingt-deuxième est un voleur.
Mon vingt-troisième est un voleur.
Mon vingt-quatrième est un voleur.
Mon vingt-cinquième est un voleur.
Mon vingt-sixième est un voleur.
Mon vingt-septième est un voleur.
Mon vingt-huitième est un voleur.
Mon vingt-neuvième est un voleur.
Mon trentième est un voleur.
Mon trente-et-unième est un voleur.
Mon trente-deuxième est un voleur.
Mon trente-troisième est un voleur.
Mon trente-quatrième est un voleur.
Mon trente-cinquième est un voleur.
Mon trente-sixième est un voleur.
Mon trente-septième est un voleur.
Mon trente-huitième est un voleur.
Mon trente-neuvième est un voleur.
Mon quarantième est un voleur.
Mon tout est une histoire orientale très connue.

SOLUTION

Ali-Baba et les trente-neuf voleurs. (Si vous aviez pris la peine de compter au lieu de parler si vite, vous ne feriez pas cette tête-là.)

UNE CHARADE HUMANITAIRE

Mon premier a faim.
Mon deuxième a faim.
Mon troisième a faim.
Mon tout est ce que dit mon quatrième.

SOLUTION

– Pas moyen de bouffer sa dinde tranquille avec tous ces sous-développés qui me regardent !

UN RÉBUS CLASSIQUE

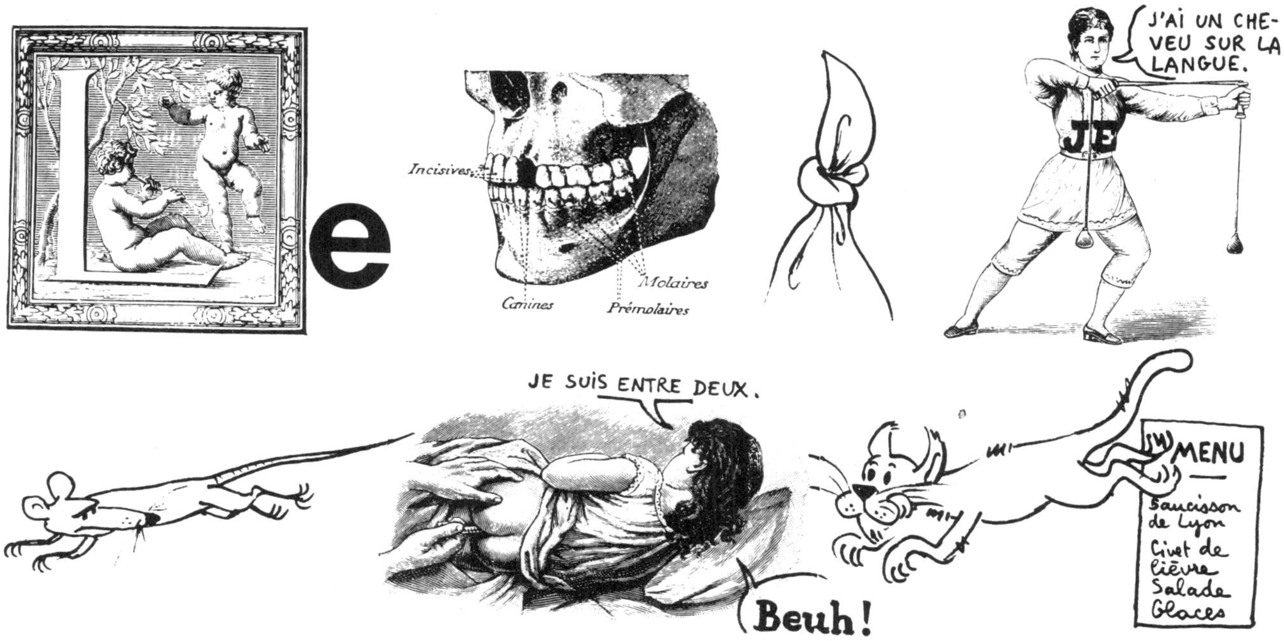

SOLUTION

LE . DENT . PERDUE . NŒUD : ZE . RAT . DRAPS . BEUH . CHAT . METS

Le demps perdu ne ze raddrabbe chamais (Proverbe allemand).

UN JEU DIFFICILE

Chassez l'intrus

Regardez attentivement ces cinq individus.
Parmi eux, il y en a un, et un seul, qui ne devrait pas se trouver là.
Saurez-vous le reconnaître ?

SOLUTION

L'intrus est le numéro 3 : il est le seul à n'avoir pas de poil aux pattes.

Cet album
réalisé par l'Atelier Michel Méline
a été composé par APS à Tours
et achevé d'imprimer en octobre 1982 sur les presses
de la Société d'Arts graphiques Fratelli Spada, Ciampino - Rome
pour les Éditions Albin Michel

Dépôt légal : novembre 1982 - Numéro d'édition : 7690
Imprimé en italie